GOBOOKS
& SITAK
GROUP©

GOBOOKS
& SITAK
GROUP©

三日月書版

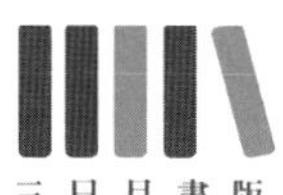
三日月書版

打贏魔王後，勇者的
下一個任務是相親?!
勇者様のミッションは合コン大作戦
輕世代
FW388
三日月書版

CONTENTS

楔　子　009
第一章　萌萌啾啾喵　019
第二章　聯誼禁止事項　049
第三章　異世界約會聖地　129
終　章　決戰舞會！　177
尾　聲　235
後　記　247

CHAPTER
楔子

這裡是人類王國，坎爾德。

城裡傳來歡騰的笑語聲，街道兩旁擠滿了人，每個人臉上都帶著笑容，墊高腳尖伸長脖子，想要一看究竟——今天是消滅魔王的勇者一行人凱旋歸國的日子。

「嗚哇啊啊！」一名身材嬌小的紅髮少女被擠得差點跌倒。

她的同伴，另一名身材高挑的女性冒險者見狀，連忙拉住她，「哎，小心點啊，維麗卡。」

「嗚嗚～謝謝妳，烏娜。」被喚作維麗卡的少女好不容易穩住，哭喪著臉道謝。

烏娜環顧四周，所見之處滿滿都是人群，忍不住嘆了一口氣，「就跟妳說要早點來，好位置都被占去了，現在能看到勇者大人的地方就只剩下這裡了。」

她既斥責又關心地對維麗卡說：「怎麼樣，能看到前面嗎？」

「嗯嗯，維麗卡看得到。」維麗卡點點頭，接著又這麼抱怨，「不過如果照妳所說，那三天前就得要來搶位置耶，太瘋狂了吧。」

「三天前都還算有點晚了。」烏娜說：「我聽說有些人甚至一個禮拜前就先在這搭帳篷，還被衛兵驅趕呢。」

「哇，那也太誇張了吧。」維麗卡瞪大眼睛，「不過也難怪，畢竟是討伐了魔

王，帶來和平的英雄，那麼偉大的人，誰都會想看看他長什麼樣子吧。」

「是啊，畢竟勇者大人自從五年前出發去討伐魔王後，一直都在東奔西走，一次都沒有回過坎爾德。聽說他長得很英俊，不知道是不是真的？」

「話說回來，不知道除了勇者大人，還有沒有機會可以看到其他大人物。」維麗卡接著烏娜的話往下說：「像是賢者亞赫士、武聖環尾，不知道他們會不會出現啊？都是同一個隊伍，應該……」

話還沒說完，周遭的人群突然騷動了起來。

「勇者的隊伍來了！」

「禁衛軍出現了！」

「太棒了！勇者大人！」

兩人的注意力被吸引到前方。兩排全副武裝的士兵驕傲地昂首行進著，令人看了不禁熱血沸騰。

「好帥啊。」看到這樣的隊伍，烏娜不禁發出感嘆，「真不愧是禁衛軍，和一般冒險者差太多了，那身裝備應該就要好幾枚金幣吧。」

「哈哈，真不愧是冒險者。」維麗卡說：「維麗卡只知道他們看起來好像很厲害，其他的事都不太了解就是了……」

這時人群又騷動了起來。

「喔喔，那位就是……」

「是武聖環尾大人！」

「真高大啊……」

兩人跟著看向前方。在眼前的道路中央，出現了一位有著綠色鱗片的蜥蜴人。蜥蜴人身材魁梧，比隊伍中最高的士兵還要再高出一個頭，還可以看得見鱗片底下鼓起的肌肉，尾巴還有環狀的斑紋。而且他身上除了以纏在腰上的一塊布遮住重點部位之外，幾乎是一絲不掛，給人一種狂野的感覺。

不過他的表情卻是十分和善，不但笑容可掬，還熱情地和兩旁圍觀的群眾揮手，引得兩旁的群眾歡呼聲變得更大了。

「哇啊啊，好帥啊，環尾大人。」烏娜一見到蜥蜴人，就興奮地兩眼亮了起來，並大叫著：「啊啊！那個二頭肌，還有鎖骨的形狀，真是太棒了！好想舔，好想咬咬看啊！」

她看著眼前的蜥蜴人，不只發出像怪鳥一樣奇異的聲音，甚至還流出口水。維麗卡見狀，不禁和旁人一起默默地退開一步。不過這時前方的民眾又再次騷動了起來。

「喔喔，是賢者亞赫士大人。」

「是真正的精靈啊！」

「好帥啊！」

接著出現了一位有著金髮碧眼和尖長耳朵的少年。少年身穿長袍，戴著眼鏡，舉手投足之間透露出一股知性的氣息。儘管他臉上沒有任何微笑，不像剛才的環尾那麼親民，不過這樣冷淡的模樣反而更是引出許多人的尖叫聲。

「哎呀，那就是精靈嗎？」烏娜看著少年，不禁感嘆：「果然名不虛傳啊，長得還真是俊美。」

「是啊，長得好可愛，好想把他抱回家養。」維麗卡也附和，但接下來的話不禁讓人毛骨悚然，「維麗卡好想讓他戴上項圈，關進地下室裡，每天弄哭他，然後再欣賞他的表情啊，誒嘿嘿～」

儘管維麗卡發出的聲音很可愛，但她的話還是讓烏娜和周圍的人都流出一身冷汗。這裡有犯罪者啊……所有人此時在心裡不約而同地達成這個共識。

正當周遭人們在思考是不是該去通報衛兵的時候，一陣超熱烈的歡呼和尖叫從前方傳了過來，比剛才的歡呼都還要大聲。

「是勇者大人！」

「勇者大人！請看這邊！」

「勇者大人萬歲！」

兩人連忙往前看，但前方的人們也都伸長了脖子，踮起了腳尖，原本可以看得到道路的她們這下反而看不到了，只好也跟著一起努力伸長脖子踮著腳尖，才勉強從縫隙中看到路上的情況。

一個長相英俊，年約二十的黑髮青年站在戰車上，身穿金色鎧甲，一襲紅色披風迎著風獵獵作響。他的神情肅穆，臉上沒有任何表情，就好像一尊大師手下的雕像般，栩栩如生卻沒有絲毫感情。

他就是打敗了魔王的勇者，當今世上最偉大的英雄——溫特．費爾德。

所有人都在瘋狂地大聲歡呼、吹口哨和鼓掌，維麗卡和烏娜也不例外。

「勇者大人，請看這邊！」

「勇者大人！」

而當勇者走過之後，所有人仍在興奮地談論著剛才看到的景象。

「哎呀，真不愧是勇者大人呢。」烏娜讚嘆道：「威風凜凜，氣勢就是和一般人不一樣。」

「是啊……不過該怎麼說，有種沒辦法親近的距離感呢。」維麗卡猶豫一會，

還是忍不住把心裡的真實想法說了出來。

「啊，我懂我懂。」烏娜猛點頭，「和其他兩人不同，環尾大人相當親切，亞赫士大人雖然有些冷冰冰的，但感覺內心深處還是很溫暖。然而勇者大人給人一種神聖莊重的感覺，雖然讓人很尊敬，但不會想靠近。」

「對啊對啊，感覺只能瞻仰，不能當作戀愛對象啊。」維麗卡下了這麼一個不知是讚賞，還是傷人的評論。

聽到維麗卡這麼說，烏娜開玩笑地吐槽：「哎呀，難不成妳想當勇者夫人啊？放棄吧，人家可是有未婚妻的，國王已經答應把公主嫁給勇者了呢。」

「真好啊～能當上勇者夫人的話，以後只要躺著數錢就好了吧。」維麗卡先是說出自己的妄想，但話題一轉，又問道：「不過說到公主殿下，似乎好久沒聽到她的消息了。不覺得有點奇怪嗎？以前明明那麼常出現在各種社交場合的……」

「天曉得，誰知道那些大人物整天在做些什麼。」烏娜聳聳肩，似乎不太在乎，「比起那個，我們也差不多該做準備了。聽說為了慶祝打倒魔王，所有人都可以去王宮參加宴會呢。」

說完，她就邁步往王宮的方向走去。

「啊！等等我！」維麗卡見狀這麼大叫，暫時放下心中的念頭，大步地跟了上去，然而卻不小心撞上一個戴著兜帽的人影。

「嗚哇！」

「哎呀！」

那人被撞倒在地，兜帽也因此掀了開來，露出底下的臉。

那是一張極為漂亮的少女臉蛋，有著一頭金色秀髮，圓滾滾的淺綠色眼睛看起來水汪汪的樣子，配上小巧的鼻子和嘴巴，讓維麗卡不禁看呆了。更特別的是少女頭上有著兩隻貓耳朵，代表她並非人類，而是獸人族。

少女驚覺兜帽被掀開，連忙戴了回去，這才讓維麗卡回過神來，「哇啊啊，十分抱歉，沒有受傷吧？」

「……我沒事。」少女用銀鈴般的聲音輕聲地說，並連忙低下了頭。這讓維麗卡有些好奇，為什麼這麼漂亮的少女要這樣遮住自己的臉。

然而，這時烏娜又遠遠地大喊：「維麗卡，妳在幹什麼?快點過來啊！」

「我來了！真對不起啊。」維麗卡又朝對方鞠了一躬後，才快步離去。

貓耳少女見到維麗卡離去，才彷彿鬆了一口氣般垂下肩來，但很快地，她又把目光轉向遠處遊行隊伍中的勇者。然而和旁人帶著景仰或羨慕的目光不同，少女看向勇者的目光充滿了決意。

「勇者溫特……我一定要殺了你！」

少女喃喃自語地拋下這麼一句驚人的話後，便轉身走進人群之中。她一下子就混入其中，消失了蹤影。

CHAPTER
第一章
萌萌啾啾喵

「抱歉，公主不能嫁給您了。」魯道夫五世毫無預警地拋出這麼一顆震撼彈。

這裡是王宮，溫特、環尾和亞赫士三人在一間密室裡。除了他們之外，密室裡頭只有國王魯道夫五世和幾個大臣或貴族，他們要不是王國的統治階層，就是魯道夫五世的心腹。

「這是什麼意思？」溫特還來不及開口，環尾便怒氣沖沖地上前。

儘管因為身處王宮，他穿上了一身華麗的禮服，但人高馬大的身材，和緊繃衣服底下的一身肌肉仍十分有魄力。

「當初你們說要將公主許配給打倒魔王的人，沒錯吧？難不成是在說謊嗎？」環尾咬牙切齒，看起來怒氣沖沖。

「等一下！環尾大人！」

「您這話也太過分了！請把話收回去！」

房間裡其他人聞言，露出不滿的表情。

聽到環尾的指責，魯道夫五世則是猛然從王座上站了起來，讓在場的大臣以及貴族不禁倒抽一口氣。即便是勇者隊伍的成員，這樣指責一國之君也是十分嚴重的一件事。

魯道夫五世的身材魁梧，這是遺傳自他的父親，常勝王魯道夫四世的樣貌。

他站起來和環尾對視，儘管不及環尾那麼壯碩，但身高絲毫不遜色，甚至還比對方高一些。

兩人就這樣對峙著，宛如兩座大山，讓一旁看著的人都感受到一股強烈的壓迫感。

然而……

「真是萬分抱歉！」魯道夫五世二話不說，就直接跪了下來。

「……咦？」環尾被魯道夫五世的行為給嚇了一跳，但房間裡其他人卻見怪不怪，只是仰首嘆氣而已。

「啊啊，陛下又來啦。」

「一遇到麻煩就下跪的這個習慣能不能改改啊。」

「就是因為這樣才會被人稱為下跪王啊。」

其他人竊竊私語著。

沒錯，就算老子是英雄，兒子也不見得是好漢。應該說，魯道夫五世的這種性格，有很大一部分就是先王魯道夫四世造成的。

由於魯道夫四世生前的作風十分強勢，甚至可以說是到了獨裁的地步，使得許多有資格繼承王位的王室或貴族，最後不是被罷黜放逐，就是自行投奔外國。

最後唯一留下的，就是眼前這位人稱下跪王的魯道夫五世。

「這完全是本王的錯！」魯道夫五世跪著繼續說，甚至開始磕起頭了來，「還請三位大發慈悲，原諒本王吧！」

「……怎麼搞得好像我們才是壞人了？」看著眼前魯道夫五世的模樣，環尾原本的怒氣也消失得無影無蹤，只是傻眼看著眼前下跪的國王。

「國王陛下請先起來吧。」一旁看不下去的亞赫士站了出來，用冷靜的語氣詢問：「請問到底發生什麼事？難不成是公主發生了什麼意外嗎？」

房間裡的群臣們互看，臉上的表情既猶豫又尷尬，似乎對該不該把這件事說出來依舊沒有共識。

最後還是魯道夫五世開口了。他站起來後先深吸一口氣，彷彿這樣才能下定決心。

「……公主失蹤了。」他欲言又止，最後才擠出這麼一句話。

「什麼意思？失蹤了？怎麼會？」

「是被壞人擄走了嗎？」

亞赫士和環尾大吃一驚，連忙拋出種種疑問。

然而，兩人突然感覺到肩膀被人一拍，回頭看才發現是從剛才就在一旁默默無言的溫特。

「國王陛下似乎還沒說完。」他對兩人點頭，「先讓他說完再說。」

原本被兩人嚇到的魯道夫五世，這時忍不住向溫特投以感激的目光。

「上個禮拜，公主突然從自己的房間裡頭消失，只留下了這一張紙。」他拿出一張紙，用雙手遞給溫特。

溫特接了過來，其他兩人也湊了上去。那是一張信紙，上頭印有坎爾德王室的徽章，證明這是只有王族才能使用的東西。

信紙裡的訊息不多，上頭就只有簡單一句話而已。

我想要去尋找自己的幸福，也請勇者大人去尋找自己的幸福吧。

愛莉蒂亞筆

「公主失蹤後幾天，邊境就傳來一份報告，說有人目擊長得很像公主的女性，從我國出發前往鄰國，然後還提到對方似乎是和男性同行。」魯道夫五世吞了口口水，「侍女也有提過，公主似乎有關係密切的男性友人，雖然不知道是誰，不過……」

雖然魯道夫五世沒有把話說明白，不過三人也大概猜到了他的意思。公主並不是單純逃婚，而是私奔。

亞赫士和環尾同情地看向溫特，難以想像他在聽到這個消息之後會作何反應，然而……

「嗯？」兩人互看了一眼。僅僅只是互看一眼，就能從彼此的目光中，了解對方的意思，這可是他們在經歷無數冒險才培養出來的特技。

「溫特怎麼好像一臉平靜的樣子？」亞赫士用眼神這麼問環尾。這也是他平時總是不太說話的理由，不是為了要裝酷，只是因為這樣比較方便。

「是啊，問一下吧。」環尾也用眼神這麼回應，隨後看向溫特，「喂，溫特，你還好嗎？」

「啊，等一下，你這肌肉腦……」亞赫士差點就要真的開口把話給說出來。

「我沒事。」溫特看向兩人，並用眼神回答：「每個人都有追求幸福的權利，公主不願意嫁給我，那也不能強迫她。」

看見溫特的回答，兩人不禁感嘆。

「你這傢伙……果然是個不折不扣的勇者啊。」

「真服了你了，這個肚量一般人可做不到啊。」

然而這些對話內容只有他們知道，從旁人看來，就只看到三人沉默不語凝視著彼此。而且勇者一直都是那副撲克臉，另外兩人的表情則時陰時晴變化多端，讓人看了很是害怕。

「抱、抱歉，這完全是我們這一方的責任。」魯道夫五世語氣顫抖，雙腳一軟又跪了下去，「請、請諸位諒解……」

「不，沒關係……」

「不、不過！」溫特還沒說完，魯道夫五世就急著往下說明：「君無戲言，作為國王，已經承諾的事絕對會達成。雖然小女不能嫁給您了，但是本王會負起責任，替您安排相親，直到您找到喜歡的對象為止！」

「啊，不……」溫特本來想解釋清楚，但是……

「請您一定要參加！」魯道夫五世匍匐在地，向溫特磕頭，「這是任務……不對，是本王一生的請求！拜託您了！」

聽到魯道夫五世這麼說，溫特一時之間愣住了。身為勇者的他從未拒絕過任何人的請求，不管是從山賊手中拯救村莊，還是送情書到鄰鎮，因此……

「我知道了，那就拜託國王陛下了。」溫特點了點頭，決定接下這個「任務」。

「這是本王的榮幸！」魯道夫五世終於抬起頭，臉上露出如釋重負的笑容。

在一旁的環尾和亞赫士再度互看一眼，這次兩人沒有透過眼神交談，幾乎是一看到對方臉上的表情，就知道已經達成了共識。

「感覺好像挺有趣的。」

「是啊，這麼好玩的事，算我一份。」

基於同生共死的伙伴意識，在打倒魔王後，他們的下一個任務就決定是要幫勇者找老婆了！

等勇者一行人離開之後，魯道夫五世才從地上爬了起來。

他感受到周圍的目光，有不解、難受，也有輕視、戲弄，但他不在乎，反而快速地直起身，朗聲說道：「各位辛苦了！晚上還有恭賀勇者歸來的慶功宴，還請各位繼續努力。」

「陛下。」一個大臣像是忍不住，這麼問：「為什麼您要對勇者大人如此卑躬屈膝呢？」

「是啊。」另一個貴族也抱怨：「就算是我方有錯在先，但陛下是一國的元首，對勇者大人不只下跪還磕頭，這樣似乎有失身分。」

魯道夫五世看著周圍這些人，先是沉默一會，才緩緩地開口：「你們是真的覺得不必向勇者低頭？」

他用一種不敢相信的目光看著自己的手下，像是他們還搞不清楚狀況似的，「你們真的覺得沒必要向勇者下跪？」

其他人面面相覷，臉上露出困惑的表情，但還是一起點了點頭。

魯道夫五世嘆了口氣。身為國王，他知道周圍的人對他充滿了誤解，這也是他故意為之的。他即位的前幾年，正是魔王軍肆虐最嚴重的時期，也因此他決定韜光養晦，故意裝孫子，讓勇者出盡鋒頭去處理一切，。

畢竟勇者才是對付魔王的專家，況且戰場上不能有兩個指揮官，因此他一直躲在幕後，默默地支持著勇者的一切活動，要人給人要錢給錢。

反正只要等勇者打倒魔王，他的統治穩固之後，就能順水推舟取回原先的權力和財富，甚至還可以博得一個好名聲。雖然不是親自出手，但畢竟魔王是在他在位期間被打倒的，也算得上是一項政績，可說是一舉數得。

沒想到手下對自己這一番苦心居然如此無知，而且他們不是別人，是這個國家的元老重臣。看來得好好給他們上一課了，魯道夫五世在心中這麼盤算著。

「告訴我，現今世上最強的人是誰？」他心念一定，便這麼問。

「那當然是勇者大人啦。」有人很快地回答，其他人也紛紛點頭，露出這是在問什麼蠢問題的態度。

「是啊，畢竟他打倒那個先王不管怎麼努力，都無法擊敗的魔王，拯救了這個世界。」魯道夫五世點了點頭，又丟出一個問題，「那麼告訴我，面對這樣的危險人物，為什麼你們覺得不用卑躬屈膝呢？」

聽到國王這麼問，眾人躁動了起來。有人這樣回答：「他可是勇者啊，怎麼可能會對我們不利……」

「諸位都已經不是小孩子，應該不會相信有那種童話裡的勇者了吧？」魯道夫五世冷冷地打斷，「人是善變的，只要勇者有這個念頭，他就可以像捏死螞蟻一樣捏死我們。有能力拯救世界，就有能力毀滅世界！」

在場所有人聞言，態度開始漸漸變得嚴肅了起來。

「況且這次意外，責任在於我們這一方。」魯道夫五世繼續解釋：「這等於是給對方藉口，萬一勇者說我們背信，要來推翻我們，那麼所有的人民就會站在他那一邊。你們難道還不懂嗎?這是坎爾德立國以來最大的危機！」

聽完魯道夫五世一席話，群臣猛然瞪大了眼，像是直到現在才真正認識眼前這個國王，並深刻地了解到，人稱常勝王的魯道夫四世，可不會讓只會下跪的無

能之輩來繼承王位。

「那、那麼該怎麼辦呢？」一個大臣驚慌地問。

「別緊張。」魯道夫五世知道已經成功煽動起了他們的恐懼，心中不禁一喜。只要眾臣害怕起勇者，自然就只能投靠他，聽命於他，「既然勇者已經接受了我們的提案，大概就不會有動作。倒不如說，這是個絕佳的機會。」

「機會？」

「自古以來，英雄的弱點就是美女，假如能藉由這次相親攏絡勇者，讓他為我們賣命，變成王國的力量……諸位覺得能獲得多少利益呢？」

在場的所有人聞言，眼睛都為之一亮，開始喜孜孜地想像坎爾德成為第一強國之後，可以獲取多少的好處。

魯道夫五世明白自己已經打動了他們，於是他又打鐵趁熱。

「這次勇者的相親是國家級機密任務，希望諸位能夠全力以赴。只要成功，我必定會與諸位享受榮華富貴。」

他用像是惡魔在誘惑人類的語氣，說出最後一句話。

「遵命！」

在場所有人大聲地回應。魯道夫五世臉上露出滿意的表情，隨後揮了揮手，示意他們離開。

當最後一個人離開密室後，他拿出剛剛給勇者他們看過，公主私奔前留下的那張信紙。看著那張紙，魯道夫五世臉上充滿自信的表情漸漸垮了下來。

「……愛莉蒂亞，為什麼呢？」他喃喃自語地說：「妳為什麼要出走呢？為什麼要拒絕與勇者結婚呢……妳不是一直都喜歡著勇者嗎？」

手中的信紙無法回答這個問題，他只是一個人靜靜坐在王座上，陷入深深的思考當中。

「……那麼我現在宣布，慶功宴正式開始！」魯道夫五世穿著華麗的禮服，大聲宣告。

他才剛說完，大廳就喧鬧了起來，有的人聊著天，有的人大吃特吃難得一見的王宮美食，還有的人則跳起舞來。一旁樂隊也演奏著歡快的舞曲，把氣氛烘托得更加熱鬧。

然而身為這場慶功宴的主角，勇者一行人卻孤零零地站在大廳正中央，無人敢靠近他們。

「喂，亞赫士。」環尾用眼神對亞赫士示意。

「嗯？」

「為什麼我們明明是主角，卻沒有人要來搭話啊？」環尾問：「你不覺得奇怪嗎？這明明是為我們辦的慶功宴啊。」

「啊啊。」亞赫士回應著，「有兩個原因。首先，溫特給人的壓迫感太重，你看他光是站在那邊，氣場就那麼強，而且還都不說話，看起來更可怕了。除了我們兩個已經習慣，其他人根本猜不出他在想什麼。」

「確實如此，我剛才好像看到有個小孩只是看他一眼，就被嚇哭了啊。這個樣子與其說是勇者，倒不如說是魔王啊……那另外一個原因是什麼？」

「……就是你現在這副德性啊！」亞赫士怒視環尾，終於忍不住直接發出聲音，「為什麼？你剛才在密室時不是還穿著衣服嗎？」

此時的環尾上半身一絲不掛打著赤膊，只穿著褲子而已，這也讓他成為眾人目光的焦點。

「哎呀，我實在是不習慣穿衣服啊，我們蜥蜴人其實一般都是全裸的。」環尾哈哈大笑起來，「要不是現在在人類的王宮，要不然我連褲子都不想穿呢，哈哈哈。」

亞赫士聞言也只能無言地看著對方，眼神中傳達的訊息也確實是無言以對。

隨後他嘆了一口氣，像是放棄與環尾爭辯的樣子，朝溫特的方向點頭示意，換了個話題，「算了，比起這個，我們要擔心的應該是溫特。」

「同意。」環尾點了點頭，「那傢伙雖然戰鬥的實力比龍還強，但在溝通能力和人際關係的處理上比哥布林還糟糕啊。」

「是啊，先來看看溫特自己有什麼策略吧。」

「也是。」兩人有默契地達成了共識。

「喂，溫特。」環尾向溫特搭話，「關於國王陛下剛才拜託的那件事，你打算怎麼辦？」

「我也在想這個問題。」溫特點點頭，「我從來沒有和女性交往過，也沒有特別喜歡過某個異性。」

「真的假的？」

「從來沒有嗎？」

聽到這番話，兩人不禁驚訝地瞪大了眼睛。

「嗯，喔，對，我好像沒跟你們說過。」溫特搔了搔頭，「你們知道我小的時候就被發現是勇者，所以很早開始接受相關教育吧？從那時候開始就一直在修行，為打倒魔王作準備。」

溫特望向遠方，像是回憶起那段記憶，「每天不是在訓練戰鬥技巧，就是在學習魔法。接觸過的女性要嘛是一拳就可以打倒男人的武術家，要嘛就是把一生都奉獻給魔法的老女巫，所以我從來沒有戀愛經驗。不過現在想想，那段日子也挺有意思的……」

說這些話的同時，他臉上露出滿足的笑容。只是相對的，其他兩人則是投以同情的目光。

「原本以為會和公主結婚，因此也沒有特別想過戀愛這件事。」溫特看向兩人，誠懇地問：「所以可以給我一點意見嗎？追女孩子的第一步到底該要注意什麼呢？」

「那當然是肌肉。」

「穿著打扮。」

環尾和亞赫士同時回答，接著互看對方一眼，一副這傢伙在說什麼的表情。

「哼，肌肉是對討伐魔王有幫助啦，不過在追女生時沒什麼用處。」亞赫士先發制人，「要給女孩子好的第一印象，就要先從穿著打扮下手，而且了解現在的時尚，還可以有共同話題。」

「健美的體魄也是好的第一印象啊，女孩子都喜歡能保護自己的男人，有實力的男人才會受歡迎。不知道該說什麼的時候，秀出肌肉就對了。」環尾一邊這麼說，一邊舉起雙臂，秀出自己的二頭肌。

「噗噗，所以我說肌肉腦就是這個樣子，這樣只會嚇走女孩子，沒有任何效果啦。」

「哼，才不想被你這苜蓿芽說嘴。像你這瘦弱的身子，只會讓女生感到不安，只在乎自己的打扮流不流行，也會讓人覺得是個花花公子。」

「你說誰是花花公子？」

「你說誰是肌肉腦啊！」

兩人變得越來越激動，甚至像是要吵了起來。

「喂，等等……」溫特想要阻止。但這時環尾卻挑釁地提出挑戰，「不然來比賽啊。我們現在就去邀這裡的女孩子，看誰比較受歡迎。」

「好啊，正合我意。」亞赫士似乎也被激怒了，「那麼不管年齡、種族或職業，只要先約到女孩子就贏了，怎麼樣？」

「好啊，誰怕誰啊！」

「哼！你輸定了！」

兩人這麼說完，就分別出發走向人群，留下溫特一人在原地。

熟知兩人性格的溫特，知道這時候再說什麼都沒用，於是便選擇在一旁默默觀察他們，順便當作觀摩學習。

兩人迅速將會場掃視一圈，找到各自的目標。

「嗨，美女，一個人嗎？」環尾向一位身材高挑，看起來像是冒險者的女性這麼搭話。

「不是，我有同伴，只是來拿飲料……咦誒誒！環尾大人！」女冒險者轉過頭，看到是環尾，不禁這麼大叫起來。

「哈哈，妳知道我是誰啊。」

「當然！我是環尾大人的粉絲！我叫烏娜！」

「喔喔，這還真是叫人開心啊。」

見環尾似乎進展順利，溫特不禁在心中佩服起對方。

「真不愧是環尾啊，果然肌肉是必須的嗎？不過，亞赫士那邊又怎麼樣了呢？」他這麼想著，把目光轉向亞赫士那邊。

亞赫士看上的是一位嬌小的紅髮少女，不過和環尾不同，他採取比較迂迴的進攻方式。

「這位小姐，我是不是在哪裡見過妳呢？」他故意用這句話當開場白。

「是搭訕嗎？這手法也太老……亞赫士大人！」

見對方露出驚喜的表情，亞赫士立刻就露出他的招牌表情，酷酷地說：「是的，正是在下。」

「哇啊啊！對、對不起，我剛剛失禮了！」

「哈哈哈，真是個有趣的女孩，妳叫什麼名字？」

「維麗卡是維麗卡喔！請多指教！」

「唔嗯嗯，那邊也進展順利啊……」溫特在一旁默默觀察著，「嗯……看來亞赫士說的也有幾分道理……」

這時兩人都注意到溫特的目光。既然知道溫特在看著，為了證明自己是對的，於是分別發動了猛攻。

「那麼，烏娜，妳的工作是什麼呢？」環尾假裝要拿烏娜身後的飲料，但其實是刻意展現手臂的肌肉，「喔喔，不好意思啊，我有點口渴了。」

「不、不會，呼嘿嘿……」烏娜盯著環尾的手臂，差點沒流出口水。見到烏娜的反應，環尾露出勝券在握的笑容。

而另一邊，亞赫士也不甘示弱地和維麗卡聊起天來。

「妳打扮得很好看呢。」亞赫士笑容可掬地說：「這套禮服……這個手工……

這是城東教堂對面那位矮人裁縫師的作品吧。」

「咦咦，亞赫士大人你看得出來嗎？」

「當然囉，我自己也很常去找那位裁縫師訂做衣服。」亞赫士故意拉了拉衣領，「我可是不會放過好裁縫師的。」

「哇哇，好厲害～維麗卡好想看看各種打扮的亞赫士大人啊～」

聽到對方這麼說，亞赫士的嘴角微微上揚。上揚的幅度不大，只有像溫特或環尾這樣和亞赫士相處很久的人才能注意到，這是他頗有自信時會出現的反應。

「喔喔，不好意思。」知道亞赫士發動攻勢，環尾更加賣力地「賣肉」起來，他動手切起一旁桌子上的烤肉。儘管是一頭烤豬，他還是像切蛋糕一樣輕鬆自如。

「哎呀，我太餓了，畢竟要保持現在這樣的體態，就要補充大量肉類啊。」他拿著裝肉的盤子，向烏娜提出邀約，「要不要也幫妳切一點呢？」

「哈啊哈啊，肉的話，我想要享用的是別種肉啊。」烏娜死盯著環尾的肌肉，一臉恍惚地說出這番意味深長的話。

「哎呀，妳這個手環看起來也很精緻呢。」另一邊的亞赫士注意到環尾的行動，當然也緊追不捨，「是沒看過的手藝呢，在哪裡買的呢？」

「嘻嘻？亞赫士大人也對這個有興趣嗎？」不知為何，維麗卡臉上露出一抹別有深意的笑容，「他們也有在做項圈……我是說項鍊，假如不介意的話，維麗卡送一條給亞赫士大人吧！請亞赫士大人把脖子的尺寸告訴維麗卡。」

「唔……烏娜小姐，妳靠得太近，口水流下來了……」

「呃……等一下，維麗卡小姐，為什麼妳的表情那麼恐怖……」

似乎察覺到某些不對勁，環尾和亞赫士同時畏縮了起來。

「勇者大人。」就在這時，一名男子叫住了溫特。

溫特在轉身的同時認出了對方，他是魯道夫五世的心腹，也是國王告知公主私奔時在現場的其中一人。

「國王陛下有事找您，說是要通知您新『任務』的時間和地點……」男子俯身小聲地說，隨後又像是注意到了什麼，「嗯？環尾大人和亞赫士大人呢？」

「啊，他們正在和女孩子說話呢。」溫特向環尾和亞赫士的方向點了點頭。

「啊啊，我知道了。」身為國王的心腹，男子也算是頗有經驗，立刻露出心領神會的笑容，「打擾他們就不好了……那麼勇者大人，請隨我來吧。」

「好。」雖然不能全程觀摩有些可惜，但也不好讓國王一直等著，於是溫特和男子一起離開大廳，往後殿走去。

只不過走到一半時，溫特突然停了下來，回過頭往後看。

「怎麼了嗎？勇者大人。」

「總覺得剛剛好像聽到伙伴在向我呼救的聲音……」溫特露出困惑的表情。

「哈哈，勇者大人是不是太多心啦。這裡可是王宮呢，不會有什麼緊急狀況。」與困惑的溫特成對比，男子則是一派輕鬆，「況且就算有緊急狀況，憑環尾大人和亞赫士大人兩位的本領，有什麼是他們不能解決的呢？」

「……說得也是。」溫特點了點頭，「大概是我想太多了……我們走吧，讓國王陛下久等就不好了。」

溫特全副武裝，站在一道門前，忍不住吞了口口水。

他望向一旁的玻璃窗，窗上反射出他剪了頭髮的倒影。理髮師是王家御用的高手，這個髮型不但是時下流行，也相當適合他，看起來格外帥氣。但是溫特的表情卻還是有些僵硬，讓人有種不易接近的感覺。

不過表情僵硬是有原因的，此刻的他有點……不，是十分緊張。這個時刻總算來了，溫特這麼心想著，深呼吸好幾次，現在可說是比當初站在魔王城裡魔王的房門前還要緊張。

「好。」他總算做好心理準備，勇敢地推開門。

門上的鈴鐺隨之響起，一個服務生不知從哪裡冒了出來，「歡迎光臨本餐廳，勇者大人。座位已經準備好了，是本店最好的包廂，保證能讓您和您的相親對象滿意。」

「那就拜託你們了。」溫特點點頭，抬頭挺胸走了進去。

餐廳裡鋪著鮮豔的紅色地毯，走起來悄然無聲，耳邊能聽到輕柔的背景音樂。裡頭有許多空著的桌椅，平時這個時間帶應該是十分熱鬧，此時卻空無一人，因為整間餐廳都已經被包了下來。

服務生就這樣帶著溫特穿過一桌又一桌的空席，最後來到一間包廂前。走進包廂，諾大的房間裡頭有著一張圓桌和兩張椅子，桌椅風格都十分高雅，一看就知道是不輸王宮的高級家具。桌子上擺著擦得亮晶晶的玻璃杯和銀製餐具，中間還擺了一束漂亮的鮮花，讓人感覺奢華但並不鋪張。

「就是這裡了，勇者大人。」服務生說：「請問您需要些什麼嗎？水？酒？我們有先王魯道夫四世登基即位時的紀念酒，品質很好。」

「不用了，謝謝。」溫特搖頭。

「好的，假如還有什麼需要，請務必讓我知道。」服務生這麼說完，就恭敬地

鞠了一躬，退了出去。

溫特坐在椅子上，開始閉目養神了起來，這是以前奔赴戰場時養成的習慣。

那天和魯道夫五世確定第一次相親的時間地點之後，他立刻回去大廳找環尾和亞赫士，想要討論對策。

但不知道為什麼，當他回去時兩人都不在大廳，而是爬到了王宮花園一棵大樹上，看起來十分狼狽，像是在躲著什麼恐怖魔物似的。

不過儘管樣子十分悽慘，兩人從樹上下來後，還是給了不少寶貴的建議，這讓溫特十分感激。這或許就是真正的同伴吧，他這麼想著。

亞赫士當時說「情場如戰場」，雖然溫特不大懂為什麼亞赫士在說這句話時，特別語重心長像是深有感觸，但他知道亞赫士通常是對的——這也是為什麼他今天會全副武裝前來。

他手持聖劍，身穿矮人大師鍛造的祕銀甲，一身裝備就像準備要和魔王對決一樣。

「勇者大人，女士已經到了。」剛才的服務生又走了進來這麼通知，打斷溫特的思緒。

跟在服務生後頭的，是位有著一頭黑色俏麗短髮和淺綠色眼睛，長相可愛的美少女。

儘管眼前的少女的確很是可愛，但吸引勇者目光的不是她美麗的外表，而是頭上兩隻貓耳朵和屁股後的尾巴，這表示這位美少女不是人類，是獸人中的貓人族。他們是以敏捷著稱，適合當刺客或殺手的種族。

為了有驚喜感，魯道夫五世並沒有事先告訴溫特相親對象是怎麼樣的人，此刻見到對方後，溫特在腦袋裡開始快速地分析起來。

「國王是想要藉此來促進人類與獸人之間的關係吧。好，這次任務……不對，這次相親一定要成功！」滿腦子只有任務的溫特如此思考，在心裡對自己這麼說。

對方似乎也很緊張，兩隻耳朵都豎了起來。

「初、初次見面喵，人家是珍娜，請、請多多指教喵。」她一邊這麼說，一邊笨拙地提起裙襬，行了個屈膝禮。

溫特還來不及回應，突然聽到「匡噹」一聲。一把小刀就這麼從珍娜的裙襬下掉了出來。

兩人沉默了一會。

「不、不是這樣的喵！」見到這個情況，珍娜慌張地解釋：「這、這只是身為女性，用來自衛用的喵！」

「嗯，確實，有自我保護觀念是很重要的。」溫特點點頭。他聽過太多老練的冒險者因為一時鬆懈而大意的故事，所以很欽佩王國的女性們也開始有這樣的防衛意識。

不過話還沒說完，又聽到「砰」的一聲，這次珍娜的裙襬下掉出了一把流星錘。

「這、這是時尚喵。」珍娜迅速把武器收起來，似乎很難為情全身僵硬，「最近很多大小姐都會用這個來減肥，可以有效消除蝴蝶袖，就像健身器材一樣，喵哈哈～」珍娜一邊說，一邊做出甩流星錘的動作。

「喔，原來如此。」溫特點了點頭。儘管他覺得珍娜的手臂十分纖細，一點贅肉都沒有，不過就算再不諳世事，也知道女性對於體重問題很是重視。況且他對時尚一點都不懂，因此絲毫沒發覺哪裡怪異。

「很高興知道王國的女性們，既使在和平時期，也不忘努力鍛鍊自己。」溫特露出在鏡子前不知練習了幾百次的微笑。

「是、是啊，喵哈哈……」珍娜嘴上這麼說，卻不知為何不斷冒汗。

果然還是太緊張了吧？溫特這麼想，假如要讓這次相親成功，就得要做點什麼才行。

彷彿感應到勇者的想法，服務生突然冒了出來，「請讓我替兩位上菜，這是米諾陶牛排佐世界樹果醬，請趁熱享用。」

上完菜之後，他就又像變魔術般迅速消失。

溫特拿起刀叉，準備要開動。這時珍娜見狀，連忙制止，「請、請等一下喵！讓我來替勇者大人施加個讓食物變得更好吃的魔法吧。」

「有這種魔法？」溫特聞言很感興趣地放下了刀叉，開始認真看起珍娜的表演。

「喵，居然這樣盯著看?!」珍娜先是吃了一驚，但很快就像是豁出去般，「不管了喵，來吧。萌萌～啾啾～喵，食物，食物變好吃喵！」

珍娜一邊這麼說，一邊滿臉通紅地在溫特的牛排上比出愛心手勢。

溫特從沒見過這樣的魔法，不管是這奇妙的咒語，還是珍娜偷偷從袖子裡拿出小瓶子，將紫色液體滴在肉排上，這些都和他所熟知的魔法大不相同。

「好、好了，請用喵。」珍娜點頭。

溫特毫不猶豫地切下一塊肉，放進口中。一吃下去，溫特就忍不住瞪大眼睛，他從未嘗過這樣的味道。

在飽滿的肉香與醇厚的醬汁中，還伴隨著一股淡淡，讓舌尖微微發麻的特殊味道，令人胃口大開，他忍不住大口大口地吃了起來。

「怎、怎麼會這樣喵？」珍娜在一旁張大嘴巴，似乎不敢相信自己的眼睛，「這可是沙漠魔蠍的毒液喵！只要一滴，瞬間就可以殺死一條龍，怎麼還能吃得那麼開心！」

「嗯？珍娜小姐妳剛才說了些什麼嗎？」

「什麼都沒有喵！」珍娜大聲地掩飾。

她不知道溫特為了相親全副武裝，還配戴了能夠免除任何異常效果的至高神護符，其中當然也包括能抵禦中毒。

「真是好吃。」

「您……您吃得高興真是太好了。」珍娜的臉上也露出笑容，只是看起來像是硬擠出來的。

「為了報答，請讓我也為珍娜小姐施展相同的魔法吧，萌萌啾……不對。」溫特突然停了下來，露出十分認真的表情，「差點忘了，珍娜小姐，請把剛才偷偷藏在袖子裡的小瓶子給我吧，那一定是施展魔法必要的材料對吧？」

「不、不用了喵！」不知為何，珍娜嚇到毛都膨了起來。

見到珍娜的模樣，溫特不禁有些後悔。

「糟糕了，不該是這樣的。」他這麼想，「亞赫士曾經告誡過，用餐時要細嚼慢嚥，珍娜小姐肯定被我嚇到了，得要想法子補救才行。」

溫特思索著有什麼可以拿出來的話題，想起了那天環尾說過的話。

「嗯……可是我可沒有環尾那樣健壯的身材啊……好，不然就這樣吧！」溫特在心中給自己打氣之後，猛然站了起來。

「什、什麼？你要幹喵！」

「珍娜小姐請看吧，這就是我的全力。」溫特拔出聖劍，繞過桌子，緩緩地走向珍娜。

「喵？什麼？為什麼？好可怕！好可怕！」珍娜嚇得跳到桌上，尾巴直直豎了起來，像是在威嚇敵人。

「珍娜小姐不用害怕，來吧，接招吧！」溫特用聖劍對準了珍娜……背後的牆壁。

既然沒有肌肉，那麼施展自己的實力應該就行了吧。溫特這麼想著，同時準備施展技能，「祕儀之七，白羽……」

「受不了喵！」他還沒來得及使出招式，珍娜就突然從裙子裡掏出一顆圓圓

的東西，用力丟在地上。

一瞬間包廂裡頭滿是煙霧，伸手不見五指。

「可惡的勇者，給我記住了喵！我是王牌殺手暗影的女兒，要不是把拔昨天吸了太多貓薄荷，今天就是你的死期喵。」珍娜的聲音從煙霧中傳了過來，「可不要高興得太早了，下次……咳咳……下一次一定會打倒你……咳，這煙霧怎麼這麼濃啊！不行……咳咳……快撤退喵。」

等煙霧緩緩散去，溫特定睛一看，包廂的一扇窗戶不知何時被打開，而珍娜的身影也消失得無影無蹤，只留下地上的一把流星鎚。

「珍娜小姐……」溫特撿起了流星鎚，盯著手上的武器，似乎若有所思。

他的心中突然出現一股莫名的情緒，令人感覺躁動不安，這是從未有過的感受。

「這難道就是……愛情嗎？」

很可惜，完全不懂人情世故的溫特，絲毫沒有搞懂剛才到底發生了什麼事。

「這個流星錘，就是所謂的定情物吧？還有剛剛的煙霧彈……應該是最近王城的流行吧？就像是魔王的出場退場，都需要排場。」溫特這麼想著。

「而且還約好了下一次見面……好，下次我一定要擄獲珍娜小姐的芳心！」

他高高舉起流星鎚發誓。

遠處似乎傳來一句小小聲「才不是這樣喵～」的反駁，但很可惜溫特並沒有聽見。

同時間，剛才的服務生匆匆忙忙地跑了過來。他一改剛才的從容不迫大喊著：「勇者大人，不好意思，女方那邊傳來消息，說因為路上遇到事故遲到了。剛才進來的並不是……咦？」

服務生停了下來，看著眼前這詭異的一幕。

原本乾淨漂亮的包廂變得一片狼藉，椅子被翻倒，銀製餐具更是四處散落，地板上還掉落著裝有沙漠毒蠍劇毒毒液的瓶子。

而在這一片混亂中，勇者手拿著流星鎚望向遠方，臉上更是一副充滿決意的樣子。

「有……有刺客啊！」顧不得禮節，服務生揚聲大叫起來。

CHAPTER
第二章
聯誼禁止事項

「真是萬分抱歉！」魯道夫五世一邊這麼大喊，一邊朝著溫特等人跪了下來。

不過這次他背後有一大群人也跟著一起下跪，他們都是上次參與會議的大臣們。

「變多了啊。」

「是啊，變多了呢。」

在溫特後面，環尾和亞赫士用眼神互相溝通著。

「這個國家真的沒問題嗎？不會以後就要把名字改成下跪國了吧。」

「確實，真是前途堪憂啊……」

「國王陛下、各位，請站起來吧。」溫特走向前，想要扶國王等人起身。

「不，這次相親變成這樣，都是我們的責任。」魯道夫五世仍堅持趴在地上。

在知道有刺客偽裝潛入之後，他立刻就親自帶領大臣，來到勇者一行人的住處登門道歉。

「喔喔，確實，就連我都嚇了一跳呢。」溫特臉上露出和煦的笑容，更加肯定上次相親發生的種種事情都是國王精心安排的表演。

然而見到溫特露出如陽光般燦爛的笑容，魯道夫五世卻宛如寒風中的樹葉，

全身都顫抖了起來。

「真是非常抱歉！」國王一群人齊聲喊道。

「哈哈別緊張，我又沒生氣，和討伐魔王比起來這根本算不上什麼，反倒覺得很有趣呢。」溫特大笑著揮揮手，表示自己絲毫不介意。

然而魯道夫五世等人聞言，更是嚇到臉色發白，他們誤以為溫特是在諷刺或是誇耀刺客對他根本算不了什麼。

「嗯？總覺得兩邊好像在說不一樣的事情啊……」

「是啊，不過感覺挺有趣的，就繼續觀察下去吧。」

環尾和亞赫士在一旁看出了些端倪，但出於看好戲的心態，他們並沒有說破，而是繼續靜觀其變。

「真、真是萬分抱歉，請讓我們做些什麼當作補償。」魯道夫五世滿頭大汗，「我們這次準備的是一場三對三聯誼，也在此邀請環尾大人和亞赫士大人一同參加。」

「喔？」

「嗯？」

突然聽到自己的名字，環尾和亞赫士不由得發出驚訝的聲音。

「拜託了，請兩位務必賞臉！我們實在需要兩位的力量！」魯道夫五世又向環尾和亞赫士跪了下來。

這其實是他和大臣們討論之後想出來的策略，就算刺客如此膽大包天，敢趁與勇者單獨相處的時候行刺，但面對成功討伐了魔王的勇者小隊，恐怕也不敢隨便出手吧。

看著魯道夫五世這麼哀求，環尾和亞赫士先是面露疑惑，接著才像是想通什麼似的，轉而變成恍然大悟的神情。

「這怎麼好意思。」溫特一臉正經地說：「其實我覺得上一次相親的對象……」

然而溫特話還沒說完，環尾就伸手搭上他的肩，「喔？聽起來很有意思嘛，我就參加吧。你也會加入對吧？亞赫士。」

環尾伸出另一隻手，也搭上亞赫士的肩。然而隨著動作，他的鱗片竟掉得到處都是，讓亞赫士露出一臉厭惡的表情。

「喂喂，髒死了，你怎麼像狗一樣開始掉毛啦。」亞赫士拍掉鱗片，推了推眼鏡，「不過我也一起去好了，實在不放心讓你和溫特兩人去聯誼，誰知道你又會灌輸溫特什麼奇怪的觀念。」

「這……」溫特面露猶豫，並用眼神向環尾和亞赫士示意，「等一下，你們兩個，這樣不是給國王陛下他們添麻煩嗎？」

「別猶豫了啦，是男人就衝啦。」環尾嘴巴上這麼說，同時也以眼神向溫特示意，「不，你仔細想想，國王陛下的目的是要幫你找女朋友對吧？但你到現在還一無所獲，這樣陛下也會覺得面子掛不住啊，應該接受才對。」

「真是的，吵吵鬧鬧的……聯誼時可別這樣搞啊。」亞赫士也一樣，用眼神贊同了環尾，「環尾說得不錯，況且多認識一些女性對你來說也是件好事，之後可是要常和女性打交道的啊，何不趁現在多多練習。」

兩人這麼說完便看向魯道夫五世，並在溫特看不見的地方，偷偷地對國王比了個手勢，讓魯道夫五世一行人都深受感動。

「啊啊，真不愧是武聖和賢者大人啊……」

「是啊，不只看穿了一切，還寬容地原諒我們，這是何等的胸襟啊。」

大臣們竊竊私語著。

「原來如此……」聽了兩人的建議後，溫特再次看向魯道夫五世，對方臉上果然充滿著期盼與不安，於是點了點頭，「好吧，國王陛下，那就麻煩您安排了。」

「是！本王必定會使盡全力，不讓勇者大人失望！」見到勇者答應，魯道夫五世大喜過望，只差沒有跳起來手舞足蹈。

環尾和亞赫士見狀，在溫特背後互看一眼。

「唉，雖然不太清楚發生什麼事，不過溫特上次相親大概是失敗了吧，真是可憐……」

「不要被溫特發現了！他到現在都還沒察覺的樣子，就讓他繼續保持這樣吧。」

原來兩人都以為上次相親是溫特被甩，因此才答應國王的邀請。

「國王陛下說需要我們的力量，肯定是上次溫特做出什麼奇葩的舉動，把人家女孩子給嚇跑了，才會想要我們幫幫他吧。」

「是啊，看在溫特和國王的面子上，就出手幫這個忙吧。」

兩人又交換了個眼神，不約而同地用溫柔的目光看著溫特。

「怎麼覺得有人用奇怪的目光看著我……」

「是錯覺吧。」

「是錯覺啦。」

溫特似乎察覺到什麼，但兩人卻立刻否認了。

「啊啊，真是太好了，那麼一決定好時間地點和對象之後，就會立刻通知各

位！」魯道夫五世興奮地握住溫特的手給出允諾。

於是第二場相親，就在三方都有所誤會的情況下，緊鑼密鼓地開始了……

今天就是聯誼的日子，亞赫士站在廣場上，看著懷錶等待伙伴到來。這個廣場是坎爾德有名的地標，很多人會選擇這裡當作碰面地點。

他特意精心打扮，穿著一套鐵灰色西裝配白色襯衫，不打領帶，再搭上一件棕色風衣，看起來既高雅又低調。讓自己既不引人注目，但又不會過於隨便。

「時間快到了……那兩個傢伙在幹嘛啊？」他又瞄了一眼懷錶，這麼抱怨著。

「抱歉，我遲到了。」

「真是……」亞赫士抬起頭，看到一個年約二十多歲的青年朝他走了過來。

青年有著一頭銀髮，膚色黝黑，身材高大健壯，看起來就是平常有在鍛鍊的樣子。儘管穿著隨意，看起來只是隨意套了件衣服就出門，還是不掩其陽光型男的形象。

「哎呀，真是抱歉啊，亞赫士。」青年似乎認識亞赫士，用輕鬆的語氣這麼攀談起來，「剛剛去慢跑一下，一不小心就跑太遠遲到了。」

「……你是哪位？」亞赫士快速搜索起腦內的資料庫，卻完全找不到有關這個青年的記憶。

「你在開玩笑嗎？是我啊，環尾。」青年用手比著自己，露出有如陽光般燦爛的笑容，說出像是在詐騙的可疑話語。

「……禁衛軍嗎？對，我要報案，有人要詐騙……」亞赫士打算要向在廣場周圍巡邏的禁衛軍報案。

「喂！等一下，就算是開玩笑，這也太過火了吧。」青年一把抓住亞赫士的肩膀。

「你也不照一下鏡子，環尾可是蜥蜴人啊。」亞赫士斜眼看著青年，「你的外表連蜥蜴的蜥都扯不上關係啊！」

「真是……我們今天不是為了幫溫特找到女朋友，才來聯誼的嗎？」環尾搔了搔頭，像是沒辦法的樣子，接著就用眼神示意，「假如再這樣吵下去，不用等溫特做出什麼奇葩舉動，女孩子就都被嚇跑了。」

「……你真的是環尾？」

見到青年使用眼神示意這招特技，亞赫士才開始相信對方真的是環尾，「你怎麼變成這個樣子？」

「喔，我的蛻皮季到了。」環尾繼續用眼神示意，「先前我不是一直掉鱗片

嗎？那時候就開始在蛻皮了。蜥蜴人每幾年會蛻一次皮，蛻皮的時候鱗片會掉個精光，外表也會看起來像人類的樣子。」

「所以你原本長這樣嗎？那尾巴呢？你的尾巴到哪裡去了？」

「也一起掉了啦！蜥蜴會斷尾不是基本常識嗎？」環尾聳聳肩。

「誰知道啊！」亞赫士忍不住這麼大聲吐槽。

「發生什麼事了嗎？」這時溫特的聲音從背後傳了過來。

「溫特，你看看，你認得出這傢伙……」亞赫士話才說到一半就停了下來。

「嗯？喔，環尾，你的蛻皮季到啦，好久沒見到你這個樣子了。」溫特見到環尾的模樣，便泰然自若地說道。

「是啊，算一算也早該是時候了。」環尾也點頭為應，「這次來得特別晚，看來會保持這個樣子好一陣子了。」

「……喂，溫特。」相較於兩人輕鬆地閒話家常，亞赫士則是皺起眉頭，上下打量著溫特，「你穿的這一身裝備是怎麼回事，等會是要去討伐火龍嗎？」

溫特穿著一襲祕銀做的鎧甲，在太陽底下閃閃發光，腰間繫著討伐魔王時所用的聖劍，再加上風之精靈護佑的風速披風和胸前的至高神護符，看起來威風凜凜，一出現就吸引了在場所有人的目光。

同時也把亞赫士盡可能低調的努力給完全粉碎。

「媽媽，你看，是勇者大人耶……媽媽？」

「……快點，快點過去和勇者大人要簽名，勇者大人的簽名現在可是價值十枚金幣啊！」

一旁一對母子這麼說。小孩很興奮的樣子，媽媽則是推著小孩，並塞給小孩筆和紙。

「嘖，你們兩個過來一下。」一見到人群開始聚集過來，亞赫士感覺不妙，要是在這裡引起騷動，等會就不可能好好聯誼了。

於是他一把抓住環尾和溫特，使用魔法一躍而起，先跳到一旁的屋頂上，之後又像忍者一樣在屋頂間跳來跳去，好不容易甩開了人群。

一直到抵達一條無人的暗巷，亞赫士才緩緩地降落。

「你穿成這樣到底是要幹嘛？」亞赫士對溫特說：「我們是要去聯誼，不是要去和魔王戰鬥啊！」

「可是，你不是說情場如戰場嗎？」溫特卻是一臉無辜，「既然是戰場，穿成這樣是理所當然的吧。」

聽到溫特這麼說，亞赫士不禁頭痛了起來，「我是說過，雖然是這樣說過沒

錯，可是不是那個意思……環尾，你也來幫忙一下啊。」

亞赫士轉向環尾，請求支援。

「嗯，雖然看不出來肌肉，不過很有戰鬥力，不錯！」然而環尾卻露出笑容，豎起大拇指比了個讚。

「這兩個人……不行！假如我不做些什麼的話，這次聯誼就真的完蛋了！。」見到兩人的樣子，亞赫士不由得這麼想著。

「總之，溫特你給我去換件衣服！不能穿著那身鎧甲去聯誼！」

三人來到一條商店街，這裡兩旁商店林立，招牌上頭分別寫著某某裁縫店、某某服裝店，店內櫥窗展示的也都是各式各樣的服飾。

雖然往來的顧客相當多，不過亞赫士施展了隱蔽魔法，因此他們沒有引起任何人注意。

「好了，這裡是我常來的地方。」亞赫士一臉得意地向兩人介紹，「這邊的店都還不錯，只要是在這裡買的衣服，不管挑的人再怎麼沒有審美品味，搭配起來都不會太差。」

「喔，原來是這樣啊。」溫特似懂非懂地點了點頭，「所以這邊的衣服，防禦力都還不錯囉。」

「不是，和防禦力一點關係都沒有！」亞赫士激動地吐槽。

「是啊，溫特。」出乎意料的，環尾突然開口說。

讓亞赫士驚訝地看向他，「咦？你總算也知道打扮……」

「這套衣服雖然戰鬥力足夠，但防禦力和露出度實在都太低了。」環尾語重心長地評價，「你需要找一件露出度高的衣服，俗話說『布料越少，防禦力越高』，這樣才能在兼顧防禦力的同時，把肌肉也展現出來！」

「……會對你抱有期待，我真是太傻了。」亞赫士拍了一下額頭，強壓下嘆氣的衝動，「總之還好現在離聯誼還有一段時間，我們可以重新挑選衣服再去。我帶你們兩個逛逛，看到什麼喜歡的就先給我看看。」

亞赫士首先帶他們到一間賣西裝的店，指著店內的衣服，向兩人推薦，「怎麼樣？這間店的老闆是個矮人裁縫師，做的衣服都很不錯。」

溫特走向前，拿起衣服開始仔細端詳，而後陷入了沈思，「嗯……」

「喔，溫特的眼光還算不錯嘛。」亞赫士在一旁看著，同時心想，「那件黑色西裝我也很喜歡，穿在他身上也滿搭的。雖然溫特沒什麼打扮的概念，對潮流也不了解，但有時這樣反而能憑感覺找出適合自己的服裝。」

然而正當亞赫士感到欣慰的時候，溫特卻雙手使力一撕，衣服當場在他的手上變成了碎布。

「你在幹嘛！」亞赫士驚訝地慘叫。

「不行啊，防禦力實在太低了。」溫特轉頭，一臉認真地對亞赫士說：「我稍微用力一點就破了，這樣無法擋下芬里爾聯誼，要擋下芬里爾全力的一擊……」

「你又不是要去跟芬里爾聯誼，要擋下芬里爾的攻擊幹嘛！」亞赫士激動地吐槽，又連忙向跑來的店員道歉：「真是抱歉，我們會負責賠償的……」

「喂！溫特、亞赫士！我找到適合的衣服了！」就在這時環尾揚聲說道，朝著他們走了過來，「你看，這件明明是內褲，但店員說可以只穿這一件在外頭走動，不用再搭配任何東西。」

「那是泳褲！」亞赫士猛力吐槽，「是不用搭任何配件沒錯，可以只穿著那件在外頭走來走去也沒錯，但不是在這裡穿！你沒去過海邊嗎？」

「海？你說那個有很多水的地方嗎？」環尾皺起眉頭，「當然沒去過，蜥蜴人可是很討厭水的，我們一看到水就頭暈，有些族人甚至完全不喝水。」

「啊啊，我想起來了，難怪去打克拉肯的時候你一直在暈船，全程躲在船艙裡沒有出來。」亞赫士感到一陣無力。

「你看這件布料堅韌面積又小，代表防禦力高，同時也可以展示肌肉。」環尾做出一些展露肌肉的姿勢，看著鏡中的自己，似乎很滿意的樣子，「店員也說很適合，願意幫我打折喔。」

「不行，放回去。」亞赫士堅決地說：「給我重選，不准穿泳褲去聯誼。」

「啪啦！」又是一聲撕裂聲。

「我只是輕輕拉一下就破了……」溫特又毀了一件衣服，臉上露出像是孩子般無辜的表情。

「那個……客人……」店員露出困擾的模樣，要不是三人看起來都一副正直好青年的樣子，他可能早就懷疑這是不是某種新型態的勒索方式了。

「真是非常抱歉，我們會買下這些東西的！」亞赫士只好掏出錢包，並在付錢後拉著兩人匆匆離開那間店。

三人現在來到了一間專賣年輕人服飾的潮流店。

「聽好了，溫特你接下來就別碰任何東西了，只要乖乖試穿我拿給你的衣服就行，環尾你也是。」經歷剛才慘痛的經驗之後，亞赫士語重心長地告誡兩人，「有什麼問題嗎？」

「有。」溫特和環尾兩人很有默契地一同舉手，異口同聲說：「這間店的衣服為什麼破破爛爛的啊？」

兩人指著一件破洞褲並這麼問。

「這是時尚！」亞赫士不由得大喊。

「現在想想，這裡的衣服可能比較適合你。」亞赫士又對溫特說：「畢竟你追女生的態度比較不積極，假如穿得太保守的話，可能會顯得很呆，到時候女生可能不會想理你。」

「這樣啊。」就算被亞赫士損了，溫特還是點點頭，沒有多說什麼。

而環尾則是在看到店內的衣服後，露出讚賞的表情，「原來如此，現在的時尚就是要穿得破破爛爛啊，也是，這樣防禦力才會高嘛，我回去也要把我的衣服都弄破。」

「……你那些短褲就別再這樣做了好嗎，本來布料就不多了，再弄破小心禁衛軍以妨礙風化的名義逮補你。」亞赫士再度慘叫起來，「還有，那件泳褲你打算穿到什麼時候？快點給我換掉！不然至少上面也搭一件外衣好嗎？」

「好啦好啦，真是，怎麼像老媽似的……」環尾這麼抱怨著，一邊朝店內走去。

「在找衣服嗎？要不要推薦幾款呢？」三人的騷動吸引店員走了過來。

店員身穿流行服飾戴著耳環，手臂上還有刺青，打扮得相當時尚，臉上露出諂媚的笑容。

「……不用了，我們自己看就好。」見到店員過來，亞赫士在心裡「嘖」了一聲，並用眼神對溫特示意，「這裡店員的話全都不要聽！他們嘴巴上說給意見，其實就是叫你買衣服而已，知道了嗎？」

「知道了。」溫特點了點頭，也用眼神回應。

見到兩人這樣，店員也只好說：「好吧，這邊的衣服都可以試穿看看喔。」

然而當亞赫士和溫特開始挑選起衣服時，店員卻開始在一旁介紹起來，「這件外套是今年最新款……那一件褲子是貝西摩斯的真皮，經過亮面處理，質感很好……客人眼光不錯喔，這件針織上衣很適合你……」

「是喔……好……謝謝……」亞赫士嘴上禮貌地回應，心裡頭則忍不住大罵起店員，「煩死了，我想自己好好看衣服啊！」

另一方面溫特則是在一旁專心挑選，時不時還從架上拿起幾件衣服仔細端詳，之後才搖搖頭放了回去，不過亞赫士知道其實他現在正在放空。

「好了，你先試穿一下這些衣服。」亞赫士最後選出幾套衣服拿給溫特，「試

穿好第一套之後就先出來給我看看，還有不要把衣服弄壞了」

「試衣間在那邊。」店員帶兩人來到試衣間，之後就在一旁的櫃檯看著。

「……不要把衣服弄壞？」不過在店員離開前，亞赫士聽到對方小聲地這麼喃喃自語。

「啊，真麻煩。」亞赫士找了張椅子坐下來，感覺全身無力，「還是乾脆在那兩個傢伙身上施展幻覺魔法……不行，第一次聯誼就這樣風險太高了，更何況這次聯誼的對象還有同族的精靈，要是被發現，之後就會很難辦……」

「對了，亞赫士……」亞赫士連椅子都還沒坐熱，溫特就從試衣間的簾子探出頭來，拿著一件上衣一臉正經地問：「這件衣服……哪一面是正面啊？」

「後面啦！」亞赫士激烈地吐槽，「你明明就能自己穿鎧甲，為什麼會連衣服的正面在哪裡都搞不清楚啊！」

「鎧甲前面有紋章，一下子就能看出來了。」溫特一本認真地回應：「但這件衣服前後都有圖案……」

「真是……」亞赫士問：「那你平常穿的那些衣服呢？總不會一直都穿鎧甲吧？」

「平常的衣服前面領口比較低，可以看得出來。」溫特解釋：「但這件領口我看起來都一樣……啊。」

「又怎麼了？」亞赫士一瞬間又有了不好的預感，從椅子上站了起來，走向試衣間，「你該不會又把衣服弄壞了吧？」

「不是。」溫特的聲音從試衣間傳了出來，「只是袖子太長，我需要短一點的，而且褲子也太大件……」

「那是時尚，捲起來就行！」亞赫士哀號：「還有那種褲子叫垮褲！本來就是那樣穿的！」

「真的嗎？可是……」溫特還想說些什麼，而這也讓亞赫士終於忍無可忍，「我來幫你！」

亞赫士大步走進試衣間。溫特站在試衣間裡，身上的衣服穿得亂七八糟，露出一臉無辜的模樣。

「真是……來啦！」亞赫士吐了一大口氣，開始幫溫特整理起衣服。

「抱歉。」溫特乖乖地站好讓亞赫士幫他整理，而亞赫士則是一邊動手，一邊囉嗦了起來。

「來看好，這件的袖子要這樣捲，捲鬆一點才會好看……衣服的釦子最上面兩顆和最下面一顆不要扣，不然看起來會很呆……還有領子整理一下好嗎？」幫溫特整理好領子之後，亞赫士才總算心滿意足，「這樣好多了。」

「所以……這套可以嗎？」

「全部換好之後再出來讓我看看啦！」亞赫士說：「這裡那麼窄，我也很難判斷！」

「喔。」溫特點了點頭，然而亞赫士正要走出去時，他又叫住了對方，「亞赫士。」

「幹嘛？又有什麼問題？」亞赫士沒好氣地轉過頭，然而對上的是溫特直率的眼神。

「謝謝你。」溫特這麼說。

「嘖。」見到溫特這樣，亞赫士先是有些不好意思地搔了搔頭，之後才輕輕地捶了一拳溫特的肩膀，「真是……幫了你那麼多忙，今天聯誼要給我好好表現啊。」

「知道了。」聽到溫特這麼回答後，亞赫士便安心地走出試衣間。

「我換好了，亞赫士。」由於只剩褲子，因此亞赫士出來沒多久，溫特就換裝完畢走了出來。

「……」見到溫特的樣子，亞赫士和一旁的店員一瞬間陷入了沈默。

「怎麼樣？」溫特還轉了一圈，讓兩人能看到整體的樣子。

「呃……該怎麼說呢……」

「……還、還不錯看啊。」

亞赫士還在思索該怎麼說比較好，一旁的店員就表情抽搐地回應。這讓亞赫士不由得回頭瞪了他一眼，「喂，你認真的？」

「是啊，客人本身臉就長得不錯，這件衣服也是我們店裡的經典款……」店員欲言又止地說。

「問題不在那邊好不好，在那之前還有更嚴重的問題吧，這根本就不適合啊？」亞赫士直接戳破了真相。

沒錯，儘管衣服的樣子很好，穿衣的人素質也很高，但這身衣服穿在溫特身上就是一點都不搭，給人一種強烈的衝突感。

「不會啦，好的東西加上好的東西怎麼可能會差呢？沒錯……就像咖哩加上布丁一樣……」

「那根本就是廚餘了好嗎！」

「沒有問題，一定沒有問題的，就像在我在員工休息室的午餐一樣……還是可以吃的……」

「原來那是真實發生的慘劇嗎？不要想不開啊！」

「不會的……要成為時尚領導者，就是需要勇於踏出第一步的精神。」店員一臉慘白地說：「雖然期待很久的午餐發生了意外，不過這也是發明嶄新口味的契機，一定不會難吃到哪裡去的……只要有勇者願意嘗試的話……」

「剛剛是提到了勇者嗎？」一聽到店員這麼說，溫特立刻有所反應，亞赫士也連忙立刻制止，「沒有叫你。溫特，給我換回去，再換其他衣服看看。」

「不要放棄咖哩布丁啊！」店員像是觸碰到了什麼心理創傷，突然這麼大叫。

「放棄吧！口味嶄新過頭了啦！」亞赫士一邊擺脫店員的糾纏，一邊呼喚兩人，「溫特，算了別試穿了，換回原本的衣服就出來。環尾，你在哪？我們要走了。」

「知道了。」

「來啦。」

溫特從試衣間走了出來。環尾則是不知道從哪裡冒出來，大喇喇地說。

「啊，三位客人請等一下……」

「這些就麻煩你了。」亞赫士順手將溫特試穿過的衣服塞到店員手上，迅速地離去。

「真是的。」一踏出店外，亞赫士就連聲抱怨：「這家店是怎麼回事啊？下次再也不來了。」

「是嗎？我倒覺得挺有趣的啊。」環尾卻提出了相反的意見。

「喔，對了，你剛才跑哪裡去啦？」亞赫士轉而質問環尾：「怎麼都沒見到你？」

「喔，我去幫他們把衣服變時尚了。」環尾以稀鬆平常的語氣回答。

「是喔……等等，這什麼意思？」亞赫士過了一會才反應過來，連忙追問。

「你不是說破破爛爛的才是時尚嗎？進去逛的時候，我見到有些衣服還是整整齊齊的樣子，就幫忙把它弄破了。」環尾一臉正經地說。

亞赫士立刻轉過身，往後跑回店裡。他怎麼想都想不到，除了溫特外，還會有第二個會把衣服弄壞的人。

「抱歉！我的同伴剛才好像把你們的衣服給弄壞了！我會負責賠償的！」

「原、原來這是你們做的嗎？」店員正好拿著一件被撕開好幾個裂口的衣服。亞赫士一看到那件衣服的慘況，也不由得臉色慘白。

「這件……還有這件……以及那一件……這些都是你們做的嗎？」店員又拿出好幾件像是從遭到魔物攻擊的受害者身上脫下來的衣服，這麼質問亞赫士。

「呃，是的……是我的同伴做的……」亞赫士不由得低聲下氣了起來。見到商品變成這樣一定會很憤怒吧，他這麼心想著，也因此店員的下個舉動更讓他大吃一驚。

「這真是……太酷了啊！」店員激動地大喊。

「……什麼？」亞赫士一時之間不禁懷疑起自己的耳朵。

「這些衣服加上破洞，實在是太搭了啊！」店員激動地讚嘆：「簡直就像是咖哩搭麵包，或是布丁搭奶茶一樣！真是太帥了！這肯定是下一季的時尚潮流！」

「是……是喔……」

「對啊！真不知道該怎麼感謝你們才好……啊，對了，這幾件衣服就免費送給你們吧！」店員拿出剛才溫特來不及試穿的衣服，一把塞給了亞赫士，「假如可以，還真希望你們能多弄破幾件我們的衣服啊。」

「哼哼，看來我真的很有時尚天分啊。」跟在後面趕來的環尾，聽到店員這麼說之後，露出得意洋洋的表情。

「是啊，也許該請你幫我設計一下穿搭。」見到此景的溫特也這麼附和。

「就交給我吧！」環尾拍拍胸脯。

「啊啊！真是夠了啊！」見到眼前這一幕，亞赫士不由得這麼大叫起來。

那些環尾弄破的衣服後來果然大賣，在坎爾德的年輕人之間開始吹起一股將自己衣服弄破的風潮。這讓亞赫士深刻體悟到一個道理，那就是——時尚趨勢的下一步變化，就算是聰明如賢者也無法預測。

這裡是最近成為坎爾德時下話題的咖啡廳，以典雅的設計和許多外型精巧可愛的餐點，大受少女的好評。這間店更因此也成為許多情侶的約會聖地，甚至得要在一年前就訂位才有機會入店。

一般時候店內應該都充滿著說話或笑語的聲音，然而今天卻異常安靜，店裡的所有人，包括客人和店員，都將目光看向門口。

「喔喔，就是這裡了嗎？好多人啊！」環尾情緒高漲地環顧四周。

他依舊穿著泳褲，不過上半身穿上了一件亮色的花襯衫，看起來就像是個衝浪客一樣。雖然為什麼衝浪客會出現在這裡還是個謎，但由於這身裝扮實在太過適合，因此意外地不會顯得突兀。

「是啦，別喊那麼大聲，很丟臉耶。」亞赫士制止環尾。他依舊是那一套西裝，全身上下從頭到腳充滿著優雅知性的氣息，這自然也吸引了一票目光。

「喂喂，那些人是誰啊？」

「不知道……我們這裡有那麼高水準的人嗎？」

「好帥喔！」

雖然為了避免造成騷動，亞赫士使用認知阻礙魔法，讓眾人認不出他們的真實身分，但人們還是因為兩人的出現而騷動起來。

「喔，店裡頭變得熱鬧起來啦。」

「都是你太大聲啦！真是……可別忘了我們的目的啊！」

「說得也是！」環尾和亞赫士這麼低聲交談，一起轉頭看向後面。

「喂，這邊、這邊。」

「今天你可是主角啊。」

「咦？還有第三個人嗎？」

「喔喔，會是怎麼樣的人呢？」

「哇啊！我好興奮啊！」

眾人竊竊私語了起來，期待地看向從門口走進來的第三人。

「喔，這裡就是最近有名的咖啡廳嗎？」一雙拖鞋踏入店內，溫特走了進來。

他穿著白色短袖上衣和棕色褲子，褲子的褲管捲了起來，上衣的袖子則像是被人撕下還帶著毛邊，給人一種狂野的印象。

除了這身衣服之外，他還戴著金項鍊，外頭套著花襯衫，健壯的手臂上則有著一尾九頭蛇的大型刺青（貼紙），臉上戴著太陽眼鏡，頭髮也變成短短的小平頭（由魔法變形，可復原）。

「這家店很多人啊。」溫特看了看店內，「想必生意一定很好吧。」

「嗯，果然我的眼光不錯。」環尾看著溫特的樣子，滿意地點了點頭，「這身衣服很適合你啊。」

「呃……」亞赫士露出欲言又止的表情。

店內其他人看著溫特，則是陷入一片沉默。過了好一會，才有人語氣顫抖地大喊：「強……強盜啊啊啊啊！」

「快、快點叫禁衛軍過來！」

「是流氓來收保護費嗎？」

「媽媽救我！」

像是以此為信號，店內的客人都陷入慌亂之中。

「什麼？有強盜？」

「在哪裡？看我怎麼收拾你！」

見到眾人驚慌失措，溫特和環尾則是立刻掏出武器，這樣的舉動自然更加深了眾人的驚慌。

「強盜就是在講你們啊！」亞赫士抱著頭，「啊啊，果然沒錯，不應該讓環尾來挑衣服的，這下怎麼辦？也沒時間可以換了……」

「什麼啊，真是……這可是我們蜥蜴人最新的流行呢。」環尾不滿地收起武器，「居然說我們是強盜，太過分了吧，看來這家店的人流行品味還得要再加強啊。」

「別擔心啦，亞赫士，我相信環尾的品味。」溫特也收起武器，同時安慰亞赫士。

「不是相不相信的問題啊！」亞赫士忍不住大叫。

「那個……三位客人？」發現三人似乎不是強盜，一個看起來就像是菜鳥的店員在其他前輩推擠之下，戰戰兢兢地走向前，「請問有什麼事嗎？」

「我們有預約，名字是溫特。」見到店員靠近，亞赫士立刻恢復風度翩翩的樣子。

「溫特……啊，是和勇者大人一樣的名字吧。」受到魔法影響，店員完全沒認出眼前三人就是勇者小隊，還以為只是同名同姓。

「沒錯。」畢竟剛才造成了騷動，就算沒被認出，亞赫士還是感到有些尷尬。

然而溫特卻一本正經地說：「不好意思，還請你小聲一點，我們不想造成騷動。」

「好、好的。」雖然覺得眼前這個流氓早就已經引起騷動了，不過店員當然不敢這麼說。

「這裡登記的是六位，是那張桌子。」店員指著店裡最角落的桌子，一方面是防止其他客人被打擾，另一方面則是假如有什麼萬一大家可以逃跑。

於是三人就走到指定的桌子前坐了下來，不過……

「等等，你們兩個為什麼這樣坐？」亞赫士看著環尾和溫特，不由得這麼問。

「嗯？這樣坐有什麼問題嗎？」

「是啊，我們平常不就坐對面嗎？」

溫特和環尾一臉若無其事地回應。

「分開來坐啦！你們兩個相對而坐是要相親喔！」亞赫士用力吐槽，「聯誼時的座位分配是很重要的，環尾，你給我坐到旁邊來啦！」

「唉，這麼麻煩喔。」環尾念念有詞，但還是乖乖地坐到亞赫士身旁。

見到兩個這麼不聽話的孩子，亞赫士不由得長嘆一口氣，之後便像老師一樣諄諄教誨了起來，「聽好了，聯誼就是一場戰爭，每個環節都要先考慮清楚，不然可是會慘敗的。」

「喔～」

「是這樣嗎？」

環尾和溫特露出似懂非懂的表情。亞赫士見狀，連忙又對兩人補上一句，「戰爭只是比喻，不是真的要你們打架。」

「……哈哈哈，這我們當然知道啦。」

「……是啊，亞赫士你太多心啦，哈哈哈。」

環尾和溫特兩人嘴上這麼說，卻同時把手從武器上移了開來。

「……算了。」亞赫士見狀也不再計較，「總之，聯誼有很多要注意的事項。」

「喔？像是哪些呢？」溫特起了興趣。

「首先當然是第一印象啦，穿著和打扮……呃……」看著溫特這套流氓裝，就算是身為賢者的亞赫士也只能無語，「咳咳，總之，至少時時刻刻都要面帶微笑，不要面無表情或愁眉苦臉。」

「像這樣嗎？」溫特露齒一笑，只不過……

溫特的笑容實在太有魄力，給人一種強烈的壓迫感，再搭配他的裝扮，看起來就像個道上人士。

「噫！」一旁路過的膽小店員嚇到鬆開手中的餐具，盤子乓的一聲掉在地板上，摔成了碎片。

「微笑就好了，微笑！」一見到情況不對，亞赫士連忙制止他。

「喔，這樣啊。」溫特收起笑容，「還有什麼要注意的？」

「呃……喔，對，不要讓氣氛尷尬。」亞赫士想了想，「不管怎麼樣，千萬不能讓女生感到無聊或尷尬，像是自己一個人滔滔不絕或是句點王都是禁止的……」

「啊，這個我最會了。」一旁的環尾聽到亞赫士這麼說，就立刻回應，「就放心交給我吧。」

「……先確認一下，你等會打算和女孩子們聊什麼話題？」覺得可疑的亞赫士問。

「喔，我打算聊聊先前在討伐魔王的旅途中，吃過哪些各國美食。」出乎亞赫

士的意料之外，環尾給出的答案非常好。

「喔？這個話題還不錯……」

「是啊，我想談談我們在旅途中怎麼烹調那些魔物，像是怎麼把魔兔放血或是怎麼清除豬妖的內臟……」

「別聊那些！你打算嚇跑她們嗎？」

「咦？」環尾露出不滿的表情，「這些可是必要的步驟啊，沒做過處理，肉就會不好吃了啊。」

「不行！絕對不行！」亞赫士堅決地駁回，「你聊各國的甜點好了，這種才比較符合那些少女的興趣。」

「我又不愛吃甜點……」環尾這麼嘀咕，不過他的抗議當然是被亞赫士無視了。

「好了，最後還有自我介紹。」亞赫士強硬加著說下去：「自我介紹不用長，反正大家也都認識你們兩個，只要說一些一般人不知道的部分，像興趣之類的……」

「格鬥技。」

「拯救世界。」

環尾和溫特幾乎是反射地回答。

「不是才說過不要讓氣氛尷尬嗎？那麼小眾的興趣是要別人怎麼接話！」亞赫士也幾乎是反射地吐槽，「還有……拯救世界是興趣嗎？難不成我們這個世界是靠著某個人的興趣才被拯救的嗎？」

然而正當亞赫士發現這個天大祕密時，咖啡廳的門突然又被打開，三位女性客人走了進來。

「不好意思，我們有訂位，訂位人的名字是溫特。」

「好的，歡迎大家今天來參加。」等三個女生都坐定位之後，亞赫士就自發當起了主持人，「雖然三位應該都知道我們的名字了，不過我想還是先來個自我介紹，讓彼此認識一下。我是賢者亞赫士，興趣是閱讀和旅行，最近開始對茶葉占卜感興趣，請多多指教。」

「我是武聖環尾。」環尾說：「興趣是……健身，然後……呃……最近對時尚設計感興趣，請多多指教。」

「我是勇者溫特。」溫特說：「我的興趣是照顧……小動物……咳咳，最近有興趣的是如何把食物變得美味的魔法，請多多指教。」

溫特和環尾兩人說話聲調生硬，很明顯就是剛才才編出來的內容，讓亞赫士不由得白了他們一眼。

不過女生們似乎並沒有察覺。

「哇啊，真的是勇者大人耶。」一個身材高挑長相漂亮，有著紅髮和一雙金黃色杏眼的精靈美少女自我介紹了起來，「我叫琴，是今年精靈族的選美冠軍，興趣是烹飪和跳舞，請多指教啊。」

「大家好，我是黛安娜。」第二個女孩是個打扮時髦的人族少女，她留著一頭俏麗棕色短髮，穿著附近貴族女子學院的學生制服，身上還帶著戒指和項鍊等各種小配件，給人一種青春洋溢的感覺。

「叫你們溫溫、環環和小赫赫可以吧。」她一副自來熟地說：「我是學生，今年就要畢業了。雖然爸爸是伯爵，不過請別把我當成千金大小姐喔。興趣是玩音樂，請多指教～」

「我、我的名字叫珍……喵！咳咳……珍妮！」最後一位則是讓溫特有種似曾相識感覺的少女。

她身穿修女服，有著黑色秀髮和淺綠色眼睛，頭上戴著一條頭巾。修女頭巾下有兩個尖尖的突起，看起來就像是一對貓耳。

「請問……妳是獸人嗎？」溫特好奇地問：「總覺得好像在哪裡見過妳……」

「你、你認錯人了喵！」不知為何，對方一臉慌張地否認，「我是人類喵，是一位教堂修女喵。」

「可是妳的說話方式……」

「這是我的興趣喵。」珍妮強硬地說：「我的興趣就是喜歡在語尾加上『喵』……喵。」

「喔？真是特別的興趣啊。」溫特點點頭。他在討伐魔王的旅程中見過各式各樣的人，因此也不以為意。

「呼……太好了喵，總算是瞞過去了。可惡，把拔鑽進紙箱後就一直不肯出來，害我得跑到這裡……」

「嗯？珍娜小姐，妳剛才說了什麼嗎？」

「什麼都沒有喵！而且我的名字是珍妮喵！」突然被溫特搭話，讓珍妮嚇得尖聲回答。

「啊！勇者大人好偏心。」琴這時在一旁開玩笑地說：「一直在跟珍妮說話，都不理我們呢。」

「哈哈，溫特你看，都讓人家女孩子忌妒了啊。」亞赫士不想讓溫特只專注在一人身上，也跟著打圓場，「來說說你的老家吧，先前不是蓋了一棟新別館嗎？」

「喔？別館耶，該不會勇者大人的住處和王宮一樣大吧。」

「嘿～溫溫的家啊，聽起來挺有趣的嘛。」

琴和黛安娜似乎被亞赫士說的話勾起了興趣，這麼對溫特搭話，讓溫特的注意力轉移到她們兩人身上。

只不過在那一瞬間，他似乎在珍妮的臉上看到一絲落寞的神情。

「……然後，在那臺自動戰鬥兵器把魔王軍全部趕跑之後，溫特就丟了香蕉皮，讓那臺機器自己掉進湖裡。」

在聊了差不多三十分鐘後，原本初次見面的拘謹氣氛已經完全消失，眾人的互動變得熱絡起來。

「哈哈，騙人的吧！」琴這麼大笑著，眼淚都流出來了，「沒想到勇者大人這麼搞笑。」

「剛好那時候手邊有香蕉，所以才會用這種方式，不然應該是要回收那臺機器的。」溫特一臉正經地回應，「說實話，那臺機器功能很強，但又敵我不分，真的還滿危險的。」

只不過，他這樣的反應又引起了一波大笑。

「噗，可是香蕉皮……香蕉皮耶！假如我是魔王，知道自己打造出來的最強兵器被香蕉皮打敗，肯定會氣死，哈哈哈。」黛安娜也大笑起來，用力拍著大腿，完全看不出是貴族女子學校的大小姐。

見到兩個女生反應都還不錯，環尾和亞赫士交換了一個眼神。

「看來這次的聯誼有希望了。」

「是啊，應該沒什麼問題了。」

「……」然而即便大家聊得如此開心，珍妮卻在一旁沉默不語，從剛才開始就異常地安靜。

「那個……我去一下洗手間。」她突然站起來，匆匆離開位置。

「啊！我也是。」

「那我也去一下吧。」

琴和黛安娜互相交換一個眼神，也分別這麼說後就急忙離席。

「怎麼了？她們怎麼突然就要一起去廁所。」環尾見狀不解地問：「難不成是剛才上來的飲料有問題？」

「哼，從你這句話，就知道你不懂女人心了。」亞赫士冷哼一聲後，才解答道：「告訴你，女生成群結隊去廁所，通常不是真的要上廁所，而是要聊天。這算是一種社交行為，甚至可以說是一種戰鬥。」

「戰鬥？太誇張了吧。」環尾抬起一邊眉頭。

「聯誼是一場戰爭，其中最激烈的戰鬥就是去廁所聊天。」亞赫士搖了搖頭，自信滿滿地說明：「現在她們應該正在彼此交換情報，決定自己的目標，好藉此宣示主權，妨礙其他人……」

「妨礙其他人？」溫特不解地問。

「對，搶先說出自己在意的對象，這樣就算有其他人對同一個人感興趣，也不好出手來搶。」亞赫士解釋著：「現在廁所裡想必正上演著一場激烈的心理戰吧。」

「……難不成被稱為賢者的人，就是要連這種事情也知道嗎？」環尾露出一臉無言的表情，「就算真是你說的那樣又如何？」

「哼，其實是我事前計畫好選在這家店聯誼的。」亞赫士得意地微笑，「我在店裡的廁所施了魔法，可以聽到女廁的聲音。」

「你該不會以後要從賢者轉職成變態吧……」聽亞赫士這麼說，環尾斜眼看著他，露出警戒的眼神。

溫特也附和：「亞赫士，我覺得偷聽別人說話不太好。」

「等等，這可不只是為了滿足偷聽的欲望而已。」亞赫士連忙辯解：「溫特可是勇者啊，想親近他的人一定很多。雖說這次聯誼是國王安排的，但她們有可能是看上溫特的名聲或權力，想要利用這點來做壞事啊。」

「……確實是有可能。」環尾不由得點了點頭，「畢竟溫特實在太單純、太好騙了，感覺一個不小心就會被不知道從哪裡出現的壞女人拐走，得要看好才行啊。」

「唉，是啊。」亞赫士也嘆了口氣，兩人就像是擔心女兒的父親一樣，「不管多麼會演戲，在這種廁所聊天是最容易暴露真面目的，就讓我們來確認一下吧。」

「我還是覺得不太好，而且我真的有那麼好騙嗎……」溫特提出抗議，不過當然是被兩人無視了。

亞赫士拿出一個海螺，像是犯人在辯解一樣，這麼解釋：「別緊張啦，這只能聽到聲音沒有影像，所以不構成犯罪，只是遊走在犯罪邊緣而已……」

「……這就是傳說中『什麼都可以解答』的神奇海螺嗎？」環尾似乎知道這個道具，一眼便立刻說出名字。

「喔？就是那個來自深海的大鳳……我是說大縫。」溫特及時改口，也附和：「大縫隙裡頭找到的寶物嗎？」

「是啦、是啦，你們兩個安靜點，不然就聽不到了。」在成為罪犯的歪路上越走越遠的亞赫士一邊說，一邊拿起海螺湊到耳旁聽了起來，其他兩人也忍不住好奇心靠上去。

「……可以借過一下嗎？我想補個妝。」一個聲音從海螺中傳出來，三人認出那正是琴的聲音。

「喔喔，真的聽得見耶。」環尾不禁發出感嘆，讓亞赫士忍不住低聲斥責：「噓，安靜點啦。」

海螺又傳來聲響，這次是黛安娜的聲音，「選美冠軍還真是不容易啊，平常要花不少時間保養吧？」

「對啊，真的很辛苦呢～」雖然是抱怨，但琴的語氣卻很是自滿，「畢竟身為冠軍，保持好外表和身材是基本義務嘛。況且這些都有補貼，反正是花別人的錢，哼哼～」

說到後頭，琴有些得意地笑了起來。

「嘿～這樣啊。」黛安娜的語氣透露出些許羨慕，「那麼妳覺得今天溫溫的打扮怎麼樣？」

聽到黛安娜這麼問，溫特三人不由得豎起耳朵來。

「那還用說嗎？」琴連想都不想，立刻做出批評，「真是醜死了。」

「果然妳也這麼覺得嗎？」黛安娜語帶嘲諷，「是啊都什麼年代了，還打扮得像個小混混一樣。」

琴接著說：「叛逆風已經不流行，不要再穿花襯衫了好嗎！還有為什麼要捲褲管，簡直醜到不行。」

「啊，我懂我懂。」黛安娜也附和了起來：「看到那褲管真想叫他快點放下來，還有那個太陽眼鏡，為什麼室內要戴太陽眼鏡，怎麼看得清楚東西。」

「噗。」聽到黛安娜犀利的評價，琴忍不住拍手，「就是說啊，穿成那樣到底把聯誼當成什麼啦。」

聽到女生們這麼損溫特，環尾和亞赫士不禁低下頭來。

「我沒關係啦，別放在心上。」溫特連忙安慰兩人。

「抱歉，溫特。」環尾向溫特雙手合十高舉過頭，「我太得意忘形了，畢竟這是蜥蜴人的時尚，可能不適合人類。」

「我也有錯。」亞赫士也緩頰說：「我早該勸阻他的，賢者的職責是提出建

言，這樣等同於失職了。」

「不。」面對兩人的安慰，溫特搖搖頭，「穿這身衣服是我的決定，所以問題是出在我，而不是你們身上。」

「溫特……」

「你這傢伙……」

溫特這席話讓環尾和亞赫士感動不已。不過就在三人正沉浸於感動的氣氛時，海螺又傳來別的聲音。

「不過……我覺得這樣還不錯。」珍妮的聲音從另一頭傳了過來，「感覺勇者大人這樣比較親切，不像之前那麼有距離了……」

一聽到有人支持溫特，三人立刻豎起耳朵繼續聽下去。

「……是沒錯啦。」沉默了一會，才傳來琴的聲音，「老實說，我先前還以為勇者大人是那種很嚴肅古板的類型，沒想到是個隨和的人。」

「……是啊。」黛安娜也贊同地說：「而且他說話還算有趣啦，本來以為既然是勇者，會像我爸那樣話題超無聊，不過剛才那些故事都還滿好笑的。」

「好耶！」

「太好了！」

聽到風向開始改變，環尾和亞赫士不由得握拳喊道，引得周遭的人朝他們投以狐疑的目光。

「不過……」然而這時候，琴突然話鋒一轉，「比起勇者大人，我覺得武聖大人更好，那陽光爽朗的笑容，還有對時尚的獨特品味，簡直就是我的菜啊～」

「……什麼？」

「環尾……你居然……」琴的這句話讓男生這邊震驚不已，環尾一臉驚愕。

亞赫士則是氣得抓住環尾的肩膀前後搖擺，「不是說好要支持溫特嗎？怎麼自己偷跑了！」

「我哪知道會這樣啊！」

「喔？太好了。」黛安娜這時也拋出震撼彈，「我喜歡小赫赫的說，那副知性的氣質，還有乍看之下很冷酷，實際上卻是老好人的性格，實在是太棒了！會讓人好想捉弄一番呢～」

「為什麼啊！」

「亞赫士，你這個叛徒！」

黛安娜的話讓兩人立場頓時間顛倒了過來，亞赫士一臉不可置信的樣子。

環尾則是把手放在亞赫士頭上，弄亂他的頭髮，「還好意思說我！你自己還不

是一樣！」

「等一下，先聽我解釋……」

「對了，那珍妮妳喜歡誰？」

「對啊、對啊，說說看嘛。」

正當男生組正在為此爭執不休時，女生組那邊也更加熱烈討論了起來，琴和黛安娜這麼追問著珍妮。

「我……我一直都是把勇者大人當成目標喵！」珍妮篤定地說。

雖然她的目標是暗殺目標的意思，但不明就裡的琴與黛安娜聽到之後還是興奮地尖叫起來。

「呀！好熱情的告白！」

「實在太青春了！」

「嗯……」聽到這樣的對話，亞赫士思索了起來。

「這樣好了，溫特、環尾，我們改一下計畫。」他對兩人說：「接下來，我們就把焦點放在珍妮身上。」

「喔？」

「這什麼意思？」

環尾和溫特都露出不解的表情。

「聯誼一開始要先尋找目標，一旦決定目標之後，就要把所有重心都放在目標身上。最忌諱的就是一次攻略多個目標，畢竟大家都能察覺你的意思，花心的人是最被討厭的，這可不是什麼後宮小說啊。」亞赫士開始分析，「就目前看來，溫特要追到琴或黛安娜恐怕有難度，她們已經決定好其他目標了。反之珍妮的目標本就鎖定在溫特，那麼要追到她應該會比較容易。溫特，你對珍妮的感覺怎麼樣？」

「我……」溫特一瞬間想起第一次相親時珍娜的臉，一時間居然少見的猶豫起來，「我……還是對珍娜有意思。」

「唉，人家叫珍妮啦。」

「是啊，一直叫錯對方名字很不禮貌，你這點要改改。」

然而環尾和亞赫士根本沒有理解溫特的意思，自顧自地繼續計畫下去。

「那麼，接下來該怎麼做呢？」環尾問。

「哼，我已經準備好了。」亞赫士老神在在地說：「接下來，就來玩遊戲吧。」

「我們來玩國王遊戲吧。」

「耶～」

當三位女生從洗手間回來時，溫特便這麼說，亞赫士和環尾也跟著起哄。

「喔？國王遊戲嗎？不錯耶。」

「好啊、好啊，好久沒玩了。」

聽到這個建議，琴和黛安娜也欣然同意。

「國王遊戲？那是什麼啊？」在場的人當中，就只有珍妮不知道他們在說什麼。

「咦？珍妮不知道國王遊戲嗎？」琴露出意外的表情。

「不要這麼說嘛。」黛安娜在一旁幫忙緩頰，「人家可是修道院的修女呢，平時不會接觸到這些東西，對吧？」

「……就、就是這樣喵！」珍妮連忙順著說。不過其實是因為她身為獸人，不太了解人類和精靈的流行。

見到珍妮似乎有些尷尬，亞赫士連忙跳出來解圍。

「啊，珍妮小姐是第一次玩啊？」他開始解釋起來：「那麼就由我來說明一下規則吧。其實很簡單，接下來我手上會有六支籤，到時候大家各抽一支，抽中國王的……」

「就可以下命令？」珍妮舉一反三地問，但亞赫士搖了搖頭，「不，首先要下跪。」

「為什麼要下跪喵？明明是國王！」珍妮不由得激烈地吐槽。

「就是因為是國王啊……」

「現任的國王陛下……」

「下跪王……」

「好像先王在位的時候，是不會下跪的……」

「下次問一下國王陛下吧。」

其他五個人分別悄聲說。

「……我知道原因了喵。」關於下跪王魯道夫五世的傳聞，珍妮也略有耳聞，

「然後呢？」

「然後就是命令的環節了。」亞赫士繼續說：「國王可以從一到五中，指定某個號碼做任何事情，而抽中那個號碼的人必須服從。不過當然啦，假如抽中號碼的人覺得要求太超過的話，也可以改成用下跪跳過。怎麼樣，很簡單吧？」

「喵……原來如此喵……」珍妮認真地思考起來，「或許可以趁機讓勇者戴上

『那個』喵……好，我參加喵！」

「好極了，那麼大家先來抽籤吧。」亞赫士拿出一副撲克牌，從中抽出愛心1到5，和一張國王，當作是籤。

所有人都拿了一張牌。

「好了，那麼……國王是誰呢？」亞赫士問。

「是我。」環尾舉手，並秀出了國王的牌給大家確認。

「好啦，那麼我先……」環尾站了起來，並「喝！」地大喊一聲迅速下跪。

「速、速度好快！根本看不清！」

「這就是武聖的實力嗎……」

「不要把討伐魔王的能力用在這種地方喵！」

環尾的動作實在太快，眾人只能勉強看到一些殘影，不由得紛紛驚呼。

「好了，那麼我該來命令誰呢？」環尾思考著，臉上露出不懷好意的笑容，「先從簡單一點的開始好了。2號來一段模仿秀吧，2號是誰啊？」

「是我。」溫特舉起手站了起來，隨即下跪。

「真是萬分抱歉！請原諒本王吧！」他學魯道夫五世的說話方式這麼說。

「啊哈哈！好像！真的好像！」

「簡直一模一樣呢！」

「勇者大人好有趣！」

溫特的模仿使得其他人不禁拍手叫好，而環尾和亞赫士見狀，則得意地互換一個眼神。

「成功了。」

「是啊，我的計畫不錯吧。」

剛剛的抽籤當然是三人精心安排的結果。在討伐魔王的旅途中，他們除了在技能和魔力上有所成長外，還學會了各種宴會遊戲，以及相關的作弊方法。

「好了，這下女生們的戒心應該已經卸下不少。」

「是啊，可以進行下一步計畫了。」

兩人達成了共識。

「好了，那麼第一輪算是練習，接著是第二輪。」亞赫士把撲克牌收回，重新弄亂之後攤在桌上，「那麼再來一次……國王是誰呢？啊！」說完之後，亞赫士自己卻發出「啊」的一聲。

「是我呢，真是不好意思。那麼……喝！」亞赫士翻開牌，讓大家看到，接著大喝了一聲。

「嗚哇！這是什麼……」

「這、這是聖光！居然能使出那麼強烈的聖光！」

「好刺眼！」

一瞬間整間店被光芒籠罩，照得所有人都睜不開眼。眾人只能在這道光芒當中，依稀看到亞赫士跪下後站起的身影。

「呵呵，真是不好意思。」光芒漸漸消散，亞赫士一派輕鬆地解釋：「不過這聖光除了能消除詛咒，還有治療的效果，對於肩膀痠痛、過敏或高血壓都有很好的療效，另外還有美膚的效果喔。」

「真的耶！我的肌膚變得好水潤光滑！」

「我也是，肩膀一下子變得好輕鬆！」

「你們到底是有多討厭被人看見下跪的樣子喵！既然那麼討厭，為什麼還要玩這種遊戲喵！」

聽到亞赫士的介紹，女生們不禁紛紛評價道。

「好啦，那麼讓我想想……」見到眾人熱烈的反應，亞赫士滿意地點點頭，「嗯，這樣好了，2號對3號說一句甜蜜又肉麻的話，要肉麻到我受不了為止，那麼2號是誰啊？」

「是、是我喵。」珍妮舉起愛心2，露出了苦瓜臉。

「哈哈，別好像快要哭出來的樣子嘛，那麼3號是……」

「是我。」溫特舉起了手中的牌。

「怎麼這樣喵！」珍妮見狀嚇了一跳，她完全不知道這些其實都是計算好的，「嗯……呃……你……你是我的全世界喵！」

「嗯……句子還可以。」亞赫士說：「不過感覺有哪裡怪怪的，不要支支吾吾的，試著直接說。」

「你、你是我的全世界喵。」珍妮低下了頭，扭扭捏捏地說。

「不要害羞！來，看著溫特再說一次。」亞赫士像導演一樣，指導起了珍妮。

「你是我的全世界喵！」珍妮雙手握住溫特的手，自暴自棄地大喊。

「感情不夠，再投入一點。」

「你是我的全世界喵！」

「不是威嚇！不是說話大聲就好，語氣還要更深情一點。」

「你是我的全世界喵～」

「說話的節奏太快了！說得慢一點，眼神也要帶有感情。」

「你是我的全世界喵！」

亞赫士和珍妮這樣一來一往著。

「不行！溫特，你來示範給她看！」亞赫士命令道。

溫特聞言就反手握住珍妮的手，雙眼深情地直視著對方，用磁性的聲音說：「珍娜小姐，妳是我的全世界，請讓我成為妳專屬的勇者。」

「喵！」珍妮猝不及防，一張俏臉瞬間變得通紅，頭巾底下的耳朵也快速擺動了起來，「在、在說什麼喵！我、我才不……而且我是珍妮喵！」

「好，合格了！」見到這一幕，亞赫士滿意地伸出大拇指比了個讚，店裡的其他人也不由得鼓起掌了來。

「恭喜啊！」

「太棒了！」

「一定要幸福啊！」

「我們沒有要結婚喵?!」珍妮這麼大叫著。

「哈哈，這我們當然知道啦，只是遊戲而已別緊張。」亞赫士連忙神色自若地帶開話題，接著問：「那麼接下來就是下一輪……國王是誰啊？」

「啊，是我。」琴拿出了國王。

這當然也是環尾和亞赫士設計好的。假如一直都是男生們抽到，就會顯得很奇怪，因此這一輪就先讓給了琴。

「好喔，不過女生下跪不好看，我們就簡單的……咦？」亞赫士話說到一半，不由得停了下來。

因為琴站起身來，毫不猶豫地跪了下來！她的動作是如此堅決乾淨俐落，甚至有些豪邁，讓亞赫士等人一點心理準備都沒有。

「2號來餵國王吃東西。」琴站起來後就迅速地下達指令，同時看向環尾。

環尾偷瞄手上的牌，上頭正是寫著2號，不禁瞪大眼睛。

「等……等一下，這是怎麼回事？」亞赫士狼狽地說。

「哼哼，其實我很喜歡玩這種遊戲呢。」琴一臉得意洋洋，似乎早有預謀，「從以前就和朋友玩過好幾次，算是很熟練了。」

「什麼！」

「居然有這種事。」

環尾和亞赫士不禁大叫。

「呵呵，喂喂，快點啊。」琴露出挑釁的笑容，「快點來實行啊，還是武聖大人連這種小事都不敢呢？」

「沒辦法了……」

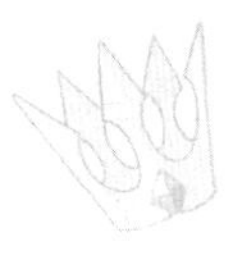

「反正只是餵食而已嘛……」

「就快點吧。」

男生三人互看一眼。環尾拿起一根薯條，親手餵琴吃。

「哼哼，好了，那麼就開始下一輪吧。」琴一邊吃著薯條，一邊熟練地拿起撲克牌快速洗牌。

看著琴洗牌的動作是如此熟練優美，亞赫士和環尾互看一眼。

「等會……」

「是啊，絕對……」

「不能讓琴拿到國王！」

兩人達到共識，聚精會神了起來。而感受到兩人的認真，眾人不由得這麼說著。

「好強大的魔力！」

「我感覺到有股強烈的氣，這到底是……」

「你們夠了喵！不要為國王遊戲動真格喵！」

「那麼……國王是誰呢？」琴一發牌出來，環尾和亞赫士就迅速動手抽牌，

但是……

「呵呵，是我喔。」然而出乎意料地，在兩人之前，一隻白嫩的纖纖玉手搶先抽走了他們原本想要拿的牌。抽走牌的不是別人，正是黛安娜。

「我是國王呢。」黛安娜微笑著秀出手上的牌，亞赫士和環尾簡直不敢相信自己的眼睛。

「這、這是什麼啊啊！」

「國王怎麼可能會在那邊！」

「呵呵，別的不談，我玩撲克牌的運氣可是很好呢。」黛安娜神情得意地把玩著牌，「爸爸他們很喜歡玩牌，每次要輸的時候都會找我去抽牌，總是能反敗為勝呢。」

「咕……竟然還有這種事……」

「這就是所謂的強運嗎……」

亞赫士和環尾低下頭，露出悔恨的表情。

不過琴倒是在一旁笑著說：「沒想到黛安娜也藏了一手，看樣子會很有趣呢。」

「好啦，首先……」黛安娜和琴一樣，很乾脆地就下跪了。

「唔……明明是下跪，動作卻那麼優雅……」亞赫士見到後，忍不住發出呻

吟聲。

黛安娜嫣然一笑，「因為我常練習啊。」

「為什麼會練習下跪喵！」珍妮在一旁這麼吐槽。

「那麼，接下來要叫誰做什麼事呢……」黛安娜重新坐好後便這麼說，讓所有人都繃緊神經，「3號，對我壁咚，並且要說『我愛妳，小寶貝。』」

「唔……3號是誰啊？」

「不是我。」

「也不是我喵。」

聽到黛安娜的要求，眾人趕快看向手上的牌，紛紛否認自己是3號。

然而有人的臉色卻變得鐵青了起來，就是亞赫士。見到亞赫士的反應，環尾不由得這麼問：「等等，亞赫士，難不成……」

不過亞赫士沒有回話，而是「唰」一聲站了起來，步伐堅定地走到黛安娜面前。

「哎呀！小赫赫是3號嗎？」見亞赫士走到自己面前，黛安娜裝作驚訝的樣子，不過其他人可以很明顯看出來這一切都如她所料，「請問您打算怎麼做呢？」

「我……」亞赫士欲言又止，最後才下定決心，「……我愛妳，小寶貝。」

「沒有情感喵！」似乎是想起剛才的事，珍妮在一旁下指示，「再來一次喵！」

「我愛妳，小寶貝。」

「沒有聽到喵！你是在說給誰聽？」

「我愛妳，小寶貝！」

「太大聲了喵！是要嚇誰呀！」

「我愛妳，小寶貝……」

「再認真一點喵……」

兩人又開始這樣一來一往了起來。直到亞赫士重複了好幾次，珍妮才心滿意足地說：「嗯，這樣就可以了喵。」

「呼……呼……真是……太累了……」亞赫士氣喘吁吁，一回到座位就癱坐下來，「沒想到說句話也能那麼累……」

「賢者大人喝點水吧。」黛安娜遞了杯水過去，亞赫士感激地接了過來一飲而盡，然而黛安娜的下一句話就讓他把口中的水全部噴了出來，「那麼，就搭配著剛才說話的方式，再加上壁咚再對我做一次吧。」

「可惡……接下來絕對不能讓她們碰到國王……」

「是啊，不然就麻煩了……」

又連續做了好幾次羞恥的事後，環尾和亞赫士兩人達成了共識，他們用眼神交換著情報。

「這次我會用魔法把國王藏在第三張牌。」

「好，沒問題。」

「那麼……國王是誰呢？」黛安娜的話才剛說完，環尾和亞赫士就一起聯手出擊！有了環尾矯捷的身手和亞赫士強大的魔法做後盾，兩人自信滿滿地認為這次一定沒有問題。但是……

「嘿，國王又是我呢。」琴俏皮地吐了舌頭，秀出國王卡牌。

「怎麼會這樣！」

「為什麼啊！」

環尾和亞赫士這麼慘叫著，兩人的努力在琴的技巧和黛安娜的強運面前，顯得一點用都沒有。

「好啦，那麼接下來該玩什麼呢？」琴跪下又站起來後，便故意說：「5

號，來給國王按摩一下吧。」

她看向了環尾，但是……

「那個，我是5號喵。」珍妮尷尬地舉起牌。

「咦？」

「什麼！」

琴和黛安娜都嚇了一跳，而環尾和亞赫士則是又交換一個眼神。

「哼哼，可不能每次都讓妳得逞呢。」

「是啊，不然勇者小隊的面子要往哪裡擺。」

兩人這樣交換著訊息。這一齣當然是兩個人安排的。

「原來如此……」

「如果是這樣的話……」

琴和黛安娜這麼低語著。

「賭上勇者小隊的尊嚴……」

「為了這次的聯誼……」

「遊戲才剛開始呢！」四人的心聲此刻達成了一致。

「怎……怎麼覺得有股寒意喵。」

「珍娜小姐還好吧？可別著涼了。」感受到寒意的珍妮，和什麼都沒有感覺到的溫特，則是在一旁這麼閒聊著。

琴技巧純熟地開始洗牌，引得一旁的人不禁紛紛驚呼。

「天啊，不是才六張牌嗎？她是怎麼做到那樣的花式洗牌啊！」

「這技術……已經可以媲美賭場荷官了吧！」

「妳真的是選美冠軍嗎？不是從什麼奇怪的地方來的吧喵！」

「來來來，下好離手啊。」琴說出了十分可疑的臺詞，「好了，那麼國王是誰呢？」

「是我！」黛安娜立刻高舉手牌。

「可惡，果然還是敵不過強運嗎？」

「那簡直就是外掛啊……」

環尾和亞赫士不禁哀號慘叫。

「唔嗯嗯～讓我想想……」跪完之後，黛安娜開始思考起來，畢竟接下來的才是重點，「1號！幫我撥頭髮，並在我耳邊講悄悄話。」

大家你看我，我看你。

「1號是我。」琴皺著眉，拿出了愛心1。

「咦咦！」黛安娜大吃一驚。而環尾和亞赫士互看一眼。

「哼哼，雖然沒抽到國王，但是換個號碼還是辦得到的。」

「下一輪一定要成功！」

「唔……」琴想了想，先照黛安娜的命令做，替她撥了一下頭髮，在耳邊說幾句悄悄話。而黛安娜聽完琴的話之後，眼神就亮了起來，並點點頭。

「好了，接下來是我的回合！」黛安娜身體微微前傾，項鍊在胸前搖晃著，「決鬥吧！抽牌！」

「好強的氣勢……這到底……」

「感覺就是經驗純熟的決鬥者呢。」

「國王遊戲是要決鬥什麼喵！」

這氣勢使得周遭的人不由得驚呼起來。

「翻牌！國王是誰呢？」黛安娜激動地問。

「是我！」環尾秀出了國王，「看來國王又回到我的手上了啊，哼哼。」

就和剛才一樣，環尾迅速地下跪又站起，速度快到只能勉強看見殘影，「那麼……2號，親一下5號！」

「我是5號。」溫特舉起牌這麼說。

然而當環尾一臉期待地看向珍妮時，亞赫士卻鐵青著臉慢慢舉起手牌，正是愛心2。

「什、什麼！」環尾露出狼狽的神情。

「耶！」

「成功！」

琴和黛安娜則是相互擊掌。這時環尾和亞赫士才驚覺原來她們早已經結盟了。

「可惡，完全被擺了一道啊……該怎麼辦？」環尾用眼神這麼問亞赫士。

「唔……好吧！」亞赫士猛然站起身來，走向溫特。

他站定溫特面前，露出了難為情的表情，臉上微微透出紅暈。儘管一副不情願的樣子，他還是俯下身單膝跪在溫特面前。

「等等，亞赫士，別衝動啊！」環尾見狀，不由得這麼慘叫出聲。

「呃……亞赫士……」

「別動！也別說話！」亞赫士少見地打斷溫特，像是在強忍著恥辱，「一下就結束了……」

在眾人的目光下，亞赫士抓住溫特的肩膀，他的臉靠溫特越來越近……

「啾。」亞赫士在溫特的手背上輕吻了一下，隨後快速地站起身。

「這就是親一下了。」亞赫士暗自佩服自己靈機應變的機智，「沒問題吧？」

「……當、當然沒問題！」環尾很明顯鬆了口氣，然而琴和黛安娜卻異常沉默，一句話都沒有說。

「喂、喂，妳們還好……」環尾話還沒說完，就被兩人的尖叫聲給打斷。

「呀！這、這是什麼感覺！看見心儀的男人吻其他男人，竟然會如此心動！」

「真是太棒了啊！這種禁忌之戀，實在是太美好了！」

黛安娜和琴這麼尖叫著，黛安娜興奮到一張俏臉通紅，琴甚至還不顧形象流出了鼻血。

「好可怕……」

「這是什麼啊……」

「就連在魔王面前都沒發抖過的我，竟然……」

勇者三人則是露出驚恐的表情，戰慄了起來。

「可是……總覺得剛剛那樣有哪裡怪怪的……」

「是啊，賢者大人親吻的對象好像不該是勇者大人……」

兩人繼續這麼討論著，並把目光轉向環尾。

「……咦？為什麼要看我？那個眼神到底是什麼意思！」環尾顫抖著聲音，不自覺冷汗直流。

「沒什麼啦～對了，武聖大人和賢者大人關係很好吧？」

「是啊，沒事啦。對了，環環和小赫赫平時會一起做些什麼呢？」

琴和黛安娜露骨地這麼問。

「等等，我們關係是很好，但那只是單純的伙伴關係啊！」

「我們是住一起沒錯，但只是普通的分租室友啊！」

環尾和亞赫士驚慌地搶白。

然而琴和黛安娜聽到兩人的解釋後，卻興奮地又一起大叫起來：「呀！已經同居了啊！」

見到琴和黛安娜的反應後，男生三人不禁互看對方。

「……喂，事情的走向是不是越來越糟糕啦。」環尾用眼神這麼示意。

「是啊……」亞赫士頻頻擦著汗，「看來現在不管再怎麼解釋，都沒有用了……」

「你們還好吧？」就連溫特也用眼神示意，「需不需要終止這次聯誼？」

見到溫特表達結束聯誼的意思，環尾和亞赫士不禁思考了一會。

「……不行！」不出一會他們便得出一樣的答案。

「這次聯誼是你的大好機會，可不能這樣白白浪費。」

「是啊，難得對方對你有意思，就這樣放過實在太可惜了！」

兩人急忙制止溫特。

「你們……」

「我們就連魔王都一起打倒了，沒有什麼難關是過不了的！」

「沒錯！為了同伴的幸福，這根本算不上什麼！」

溫特感動地看著兩人，而兩人則是慷慨激昂地回望著。

「好吧，那就讓遊戲繼續吧。」環尾開始洗牌，「那麼國王是……等等，你們兩位怎麼了？」

琴和黛安娜沒有反應呆坐在原地，過了許久才緩緩地開口。

「天啊，居然那麼含情脈脈地看著彼此……」

「這就是真愛嗎？」

兩人喃喃自語地說。

聽到兩個女生這麼說，男生三人又互看了對方一眼。

「抱歉，溫特，是應該考慮中止聯誼了。」

「情場如戰場，有時候戰略性撤退也是必須的。」

環尾和亞赫士立刻反悔先前的堅持，但是……

「好了，那麼國王是我！」琴秀出了國王。

在三人還在你看我、我看你的時候，女生們已經快速地抽了牌。

「糟、糟了！」

「什麼時候？」

環尾和亞赫士不禁叫出聲來，對方既然已經抽牌，這時也不好說要退出，只好硬著頭皮各抽了一張牌。

「好了，那麼……4號，從背後環抱住2號的脖子，並在他耳朵旁邊說『別想逃走，你是我的東西。』」琴這麼下命令。

「唔……」

「呃……」

聽到琴的命令，環尾和亞赫士的臉一下子就變得慘白。

「環尾、亞赫士，難不成……」見到兩人的反應，溫特不禁有不好的預感。

兩人緩緩秀出手中的牌，環尾手中是愛心2，而亞赫士則是愛心4。一時間，眾人都陷入了沈默。

「抱住他、抱住他……」突然，琴這麼輕聲開口。

「咦？等等，這樣很丟臉喵，先別……」

「抱住他、抱住他……」

「就連黛安娜也這樣喵！」

「抱住他、抱住他……」琴和黛安娜雙手拍打著桌子敲出節奏，並熱切地這麼說，就像是在舉行什麼詭異的儀式一樣。

面對這樣的情況，環尾和亞赫士退無可退，只能……

「別想逃走，你是我的東西。」亞赫士從後抱住環尾的頭，用低沈有磁性的聲音這麼說，而環尾則是難為情地羞紅了臉。

「呀啊啊！」

「真、真是太美好了……」

見到眼前這幕，琴和黛安娜一副死而無憾的樣子大叫著。

「這真是一輩子的恥辱……」

「啊啊，等這次聯誼結束，我就要回老家隱居一輩子……」

環尾和亞赫士則是遭受到強烈的精神打擊，跪坐在地上一蹶不振的樣子。

「抱歉，都是因為我的關係……」溫特看起來十分內疚，肩膀微微垂了下來。

「嗯……不過總覺得剛才那樣有點奇怪呢……應該要由環環主動才對。」在激情之後，黛安娜卻突然這麼說。

「啥？」出乎意料的，琴卻發出驚訝的聲音，大聲反駁：「妳說什麼？由腹黑攻的賢者大人強攻誘受的武聖大人，這不是很正常的嗎？」

「什麼？」聽到琴這麼說，換黛安娜生氣了，「怎麼看都應該是陽光攻的環環×悶騷受的小赫赫才是王道吧！」

「不對，賢者大人是攻，武聖大人是受才對！」

「環環×小赫赫，不可拆不可逆！」

琴和黛安娜吵了起來。

「雖、雖然不知道她們在吵什麼，不過這或許是個好機會？」

「嗯，無論如何一定要想辦法改變局勢。」

見到有機可乘，環尾和亞赫士用眼神示意。

「哼，不然就看看等會是誰先抽到國王啊！」

「好啊，那麼就來吧，誰是國王呢？」

琴和黛安娜吵著吵著，便各自喊道。

「喝啊，把一切都賭在這一抽之上！」

「神啊，請保佑我吧！」

環尾和亞赫士也迅速地伸出手，與琴和黛安娜一決勝負。

然而，最後的結果卻使所有人都大吃一驚。

「我是國王喵。」珍妮冷冷地說，並秀出了手中的國王。

「喔？珍妮小姐的速度原來這麼快嗎？」看到珍妮剛才的速度，就連溫特也不禁驚嘆。

「好了～剛才一直把我放在一旁喵～」珍妮一臉露不懷好意的笑容，語氣不善地說：「那麼現在該下什麼命令好呢喵？」

「呃……珍妮小姐……」

「還請手下留情啊……」

似乎是想起剛才的陰影，環尾和亞赫士結巴了起來，就連琴和黛安娜也變得臉色鐵青。

「抱、抱歉啦，珍妮，剛才不是故意忽略妳的……」

「是、是啊，我們已經反省過了，就原諒我們吧……」

「噗～喵哈哈～」見到四人這麼驚慌失措的樣子，珍妮忍不住笑了出來，「開

玩笑的喵，那麼，我的命令是請勇者大人披上這條圍巾喵～」

珍妮拿出一條織得有些醜的圍巾，露出不安的表情。

「咦？我嗎？」溫特有些意外，「可是不是應該要說數字，而且珍娜小姐也還沒下跪……」

「笨蛋，快點看一下氣氛啊！」

「是啊，你看看那圍巾，肯定是珍妮小姐親手織的，意思已經很明顯了，快給我披上去啊！」

環尾和亞赫士用眼神這麼示意著溫特。

「唔，原來如此……」見到環尾和亞赫士這麼表示，溫特也不再多說什麼接過了圍巾。

「哼哼，成功了喵！」當溫特接過圍巾的那一剎那，珍妮在心中這麼想著，「這條圍巾上施有強大詛咒，能瞬間殺死披上的人，之後再用煙霧彈逃走喵。」

溫特接過圍巾，在眾目睽睽之下披了上去，但是隨即臉色一變。

「唔！」他發出了這樣奇怪的聲音。

「怎麼了？」環尾見到溫特臉色不對。

「喵，就是現……」

「在想說脖子後面怎麼有點刺刺的，原來是標籤啊。」

就在珍妮正準備丟出煙霧彈時，溫特從脖子後頭拉出了標籤。

「很溫暖呢，謝謝妳，珍娜小……請問，妳在做什麼呢？」溫特見到珍妮高舉著手，好奇地這麼問。

「什、什麼都沒有喵！」珍妮嚇了一大跳，連忙將手放下並在心中暗想，「怎、怎麼回事喵！詛咒為什麼沒有效！難不成勇者連詛咒也不怕嗎？」

「唔，總覺得還是有點刺刺的。亞赫士，可以麻煩你用一下聖光嗎？」溫特這麼說。

「好啊，當然沒問題。」亞赫士一邊施展聖光，一邊向三個露出奇怪目光的女生解釋：「每次只要鞋子磨腳或衣服很刺人的話，我們就會用聖光緩解，絕對和愛情沒關係啊！」

「原來如此啊。」

「真是方便呢～」

「就是這個喵啊啊啊！」

琴和黛安娜點點頭。而珍妮則是突然大叫起來，嚇了所有人一跳。

「怎麼了嗎？珍娜小姐……」

「沒、沒事喵……」珍妮連忙裝沒事，這時才了解原來詛咒早在亞赫士第一次抽到國王時，就被聖光給解除了，「這、這下糟了喵……我已經沒有其他手段了喵……」

「那麼，我們就開始下一輪吧。」琴又說。珍妮在催促之下只能開始洗牌，而眾人也跟著抽牌。

「喔？這次是我抽到了。」溫特手上拿著國王，這是他第一次當國王。

「太好了！」

「真不愧是溫特啊！」

環尾和亞赫士興高采烈地擊掌，雖然有一半是基於不用擔心接下來的命令會針對他們就是了。

「喔？是勇者大人啊，這下變得有趣了呢……」

「溫溫會出什麼樣子的命令呢……」

琴和黛安娜則是開始低語著。

「嗯……我想想啊……」溫特思考之後像是靈光一閃，拍了一下手，「啊！有了！在來之前國王陛下跟我說，聯誼時一定要玩『這個遊戲』。」

「喔？是國王陛下推薦的？」

「會是什麼呢？」

「下跪王也會聯誼喵？」

眾人這麼討論著，就連環尾和亞赫士也露出好奇的表情。

「是什麼？我怎麼沒聽說？」

「國王陛下？他推薦什麼遊戲啊？」

「那個遊戲需要一些道具，所以……啊，不好意思。」溫特突然舉起手叫住路過的店員，這讓眾人更好奇了。

「客人，這是你要的P●cky餅乾。」店員很快就回來，手上還端著一盤餅乾。餅乾是細長的形狀，一端覆蓋有巧克力。

「喔喔，原來是這個啊……」

「確實，這個可以說是聯誼必備的遊戲了……」

見到店員拿來的東西，環尾和亞赫士點頭。

「那麼，我想請珍娜小姐和我一起玩P●cky遊戲。」溫特一臉認真地說。

「喵！為什麼這樣喵！」珍妮這麼大叫，不過其他人卻做出截然不同的反應。

「剛才珍妮也是用指定的方式對勇者大人下命令的。」

「是啊，這就不能怪溫溫反擊了。」

琴和黛安娜的臉上露出惡作劇的表情。

「幹得不錯嘛，溫特。」

「當然，珍妮小姐也可以用下跪的方式拒絕啦。」

環尾和亞赫士也分別這麼說。

「喵……好啦，那就來吧喵！」雖然一度想過要不要下跪，可是擔心身上藏的武器可能又會掉出來，珍妮最後還是自暴自棄地拿起一根P●cky，含住了一端。

「那麼，我就開始囉。」溫特將臉靠到珍妮面前。

「喵！」珍妮被嚇到，連忙閉上眼睛。

「好近！實在太近了喵！都可以感覺到呼吸了！」她在心中這麼想著，聽到自己心臟怦怦地狂跳，還聽到了陣陣「嘎吱嘎吱」的聲音。

「喔喔，溫溫吃得好快！」

「珍妮也要吃啊！」

聽到琴和黛安娜這麼催促，珍妮只好開始吃了起來。

「可、可惡喵，吃個幾口就故意把P●cky弄斷吧。」珍妮這麼心想著，感覺血液直衝腦袋，一陣頭昏眼花，「只要想想別的事就不會那麼害羞了喵，想想，P●cky的熱量是每100公克491大卡……不行，不能想熱量喵！原料是小麥粉、砂糖、可可塊……咦？可可塊？」

然而還沒反應過來，珍妮就感覺眼前一片空白，並瞬間失去了意識。

「珍娜小姐……珍娜小姐！」不知過了多久，珍妮聽到有人這麼叫著自己。「唔……怎麼回……喵！」她迷迷糊糊地睜開眼，就看到溫特的臉近在眼前。這讓她一下子就想起剛才所有的事，猛然跳了起來，「我……你……喵……」

她驚慌失措地打量起四周，原以為會看到自己被關起來，周圍都是全副武裝的禁衛軍，不過眼下見到的卻是一片亂糟糟的店內，還有一群人一臉擔心地望著自己。

「啊啊，這可不行啊，珍娜小姐。」溫特雙手放在她的肩膀，試圖讓她躺回去，「妳才剛醒來，還不能隨便亂動。」

「喵？怎麼會……」珍妮一頭霧水，而亞赫士則是安撫著她，「失去記憶了嗎？聽說貓咪其實和狗狗一樣，是不能吃可可的，不然可能會中毒……」

「我、我沒事喵。」珍妮連忙說：「只、只是……你們已經知道我是……」

「啊，是啊。」黛安娜遞上修女頭巾，「這是妳剛才暈倒時，一起掉下來的。」

「喵啊啊！」珍妮摸著自己的頭，發現貓耳早就已經暴露，貓耳緊張地豎了起來。

「沒事的，珍妮小姐。」環尾見狀連忙說：「同樣身為獸人的一種，我知道有時候是逼不得已隱藏自己真實身分的……」

「嗚……謝謝你喵……」珍妮見到事已至此，也只好接受事實，兩隻貓耳垂了下來，「那個，其實我真正的名字叫珍娜，很抱歉給大家帶來這麼多麻煩……」

「喔喔，原來如此。」亞赫士點點頭，「妳就是那位溫特第一次相親的女孩嗎？」

「是、是的喵……」珍娜悄聲說，然而亞赫士的下一句話讓她驚訝地抬起頭。

「不過其實這算不上什麼麻煩啦，倒不如說，其實我們還有些感動呢。」

「喵？」

「是啊，居然為了追逐心愛的人，不惜隱瞞自己獸人的身分，我認為這是很偉大的愛情。」環尾點點頭，自顧自地說。

「啊啊，真是太美好的愛情了。」琴雙手合十，露出感動的表情。

黛安娜也露出讚許的笑容，「是啊，簡直就像是我看的那些純愛小說一樣呢。」

「就、就是這樣喵……」原本以為刺客的身分暴露，不過發現眾人這樣誤會後，珍娜連忙順勢蒙混過去，又問：「那個……剛才是誰替我解毒的呢？是亞赫士大人使用聖光嗎？」

「不，很遺憾，聖光雖然有很多療效，但並沒有解毒的效果。」亞赫士搖搖頭，「是溫特用至高神護符替妳解毒。」

「喵？」聽到亞赫士這麼說，珍妮不禁愣了一下。

「這沒什麼。」溫特聳聳肩，並伸出了手撫摸珍娜的下巴，「重要的是珍娜小姐有沒有什麼後遺症？」

「呼嚕呼嚕。」被溫特摸著下巴，珍娜情不自禁發出這樣的聲音，雙眼還很舒服地瞇了起來，過了一會才驚覺。

「喵！我、我沒事喵！」她這麼搶白，一臉害羞地猛然站了起來。

「嗚嗚，居然發出那樣的聲音，真是太丟臉了喵！」她在心中這麼想著，「可是，被人這樣子摸還是第一次……心跳跳得好快，明明是很丟臉的事，卻還想要

再繼續……」

「呵呵。」

見到她這樣羞赧的舉動，所有人都露出溫柔的笑容，像是在守護著什麼一樣，使得珍娜不由得大喊：「那是什麼反應喵！」

「好啦好啦，雖然應該已經解毒了。」亞赫士這時跳出來當和事佬，「不過還是讓珍娜小姐早點回去休息吧。畢竟剛剛昏倒過，還是好好休息一下。」

「這麼說也是。」

「反正今天也已經玩得差不多了。」

其他人也紛紛這麼附和，然而就在這時……

「對了，這個海螺是誰的啊？」這時黛安娜拿起一個海螺好奇地問。

「唔！」

「怎麼會在那邊……啊，難道是剛剛在找解毒劑時隨手放的嗎？」

一見到黛安娜手中那個海螺，環尾和亞赫士立刻臉色慘白。

「怎麼回事，總感覺海螺好像在發出什麼聲音……」琴一邊說，一邊將耳朵靠向海螺，使得男生三人連忙慘叫。

「等等！」

「先不要！」

「快點把那放下！」

然而已經太遲了，琴聽著海螺的聲音，臉色突然沉了下來。

「這是……廁所裡的聲音？」她一下就聽出聲音的來源。

「咦？所以廁所其實被竊聽了！」黛安娜揚聲叫道，引得店內所有人都望向這邊。

「……真是萬分抱歉！」見到事情已經暴露，三人只好立刻下跪，但已經來不及了。

「真是下流！」

「哼！我們走！」

「等、等一下喵！」

琴和黛安娜露出厭惡的表情，拉上還不知所措的珍娜離開。

見到這樣，三人不禁互望一眼。

「抱歉，溫特……」亞赫士沮喪地說。

「這不是你的錯。」溫特搖搖頭，「我也有錯，畢竟我也忍不住好奇，聽了其中的內容。」

不過溫特雖然嘴巴這麼說，眼睛還是望著珍娜離開的方向。

「哈哈。」環尾笑了起來，只是笑聲很是有氣無力，「我們去酒館吧……這時也只能喝酒了。」

「嗯……」

「我請客吧，畢竟事情是我搞砸的……」亞赫士這麼回應。

三人有些哀淒地離開咖啡廳，往酒吧的方向走去。

CHAPTER
第三章
異世界約會聖地

在一間咖啡廳裡，一名女性對溫特低下頭。

「謝謝勇者大人您今天接受我們《坎周刊》的採訪。」

「哪裡，你們也辛苦了。」溫特有禮地這麼回應。

這個場面也引得周遭人們議論紛紛。

「竟然是《坎周刊》，我每一期都有買耶。」

「真不愧是勇者大人，能登上《坎周刊》。」

「採訪……也就是說，下一期會有勇者大人囉！」

聽到這些竊竊私語，女記者露出自豪的微笑，「呵呵，雖然有些自誇，不過我們家雜誌在坎爾德的發行量可是第一名呢，還請好好期待下一期的報導吧。需要送您幾本樣書嗎？」

「啊，沒關係啦。」亞赫士在一旁替溫特補充，「溫特沒看過《坎周刊》，就算這樣介紹他也不太清楚。」

「什麼！勇者大人從沒看過《坎周刊》嗎？」女記者面露驚訝。

「是啊，因為以前都在訓練。」溫特點頭，「師傅們禁止我做其他事情，說比起在意那些世俗之物，還不如多空揮幾次劍或練習魔法，所以我不太了解這些流行的東西。」

「原、原來是這樣啊，難怪能打倒魔王。」女記者有些尷尬，但還是很快地從包包拿出了一本《坎周刊》，塞到溫特手中，「不過請有空時翻翻我們家的雜誌吧，這本上一期送給您參考。我們是以流行為主題，報導時下坎爾德年輕人流行的事物，讓我們幫您把那些沒有享受到的青春追回來吧！」

溫特和亞赫士看了一眼雜誌封面，上頭有張年輕男子的帥氣照片，還寫著好幾個顯眼的標題，例如〈愛莉蒂亞公主究竟身在何方？〉、〈不可不知的約會聖地〉、〈受女生歡迎的十個說話招數〉和〈專訪破洞教主環尾：「破破爛爛才是時尚！」〉等等。

「環尾！」看到標題，亞赫士立刻對一旁的環尾大叫：「你什麼時候接受了《坎周刊》的專訪啦？」

「哎呀，那麼激動幹嘛？」環尾滿不在乎地回道：「就上個禮拜的事嘛，這本雜誌名字都叫週刊了不是嗎？又不是月刊或季刊。」

「不是這個問題……」

「好了，畫像已經畫好了。」

亞赫士的話還來不及說完，在女記者身旁的雜誌畫師就停下了畫筆。

「好的，那麼再一次感謝您。」女記者飛快地握了握溫特的手，立刻起身離去，只留下「也會寄給您下一期的！」這句話。

「真是個像風暴般的人啊。」亞赫士見狀，搖了搖頭，「她寫的報導沒有問題吧，你覺得呢？溫特……溫特？」

「啊，抱歉。我在看這篇報導……你剛剛說什麼？」溫特正認真在看雜誌，頁面上頭寫著「約會聖地介紹」幾個大字。

亞赫士和環尾見狀互看了一眼。

「怎麼了嗎？」亞赫士問：「從剛剛採訪開始你就有點怪怪的。」

「是啊。」環尾也附和：「總覺得你有些心不在焉的樣子，就連剛才女記者問你最喜歡的穿著打扮時，也沒說幾句話就結束話題了。」

「……是啊。」亞赫士嘴上這麼說，心裡卻想還好溫特沒有多嘴。他要是坦誠說出對服裝毫無品味的看法，還被寫成文字刊在雜誌上的話，那就真的變成笑話了。

「比起這個，你在想什麼啊？難不成是……珍娜嗎？」

聽見亞赫士這麼問，溫特雖然沒有說話，但表情卻微微變了一下，這點變化當然逃不過伙伴兩人的眼睛。

「……果然是這樣啊。」亞赫士嘆了口氣，「就覺得你在聯誼之後，一直這樣

悶悶不樂。」

「……抱歉。」溫特說。環尾安慰他道：「你也不用太在意，再約她一次看看怎麼樣？」

「再約一次？」聽到環尾這麼說，溫特有些遲疑，「可是，她們叫我不要再聯絡了……」

「追女生就得死纏爛打啊，因為有時候女生嘴巴上說的，和心裡想的可是完全不一樣啊。明明想要卻說不要，或是明明不要卻說要，這種情況很多啊。」環尾說。

「明明想要，卻說不要？」

「啊，不過也有不要就是不要，和要就是要的。也是有這種情況的，千萬不能搞混了。」環尾又說。

「……是嗎？」

「萬一女生嘴巴上說不要，心裡想的是要，你卻不要，這會讓對方生氣。」環尾繼續解釋：「但對方嘴巴說不要，心裡也不要，但你還是硬要的話，這就一定會翻臉了。」

「好了，環尾，別再說了。再說下去，連我都要搞混了。」見到溫特努力思考到頭頂上都好像快冒出蒸氣的樣子，亞赫士連忙打圓場。

「沒關係，我懂了。」溫特最後得出結論，「總而言之，反正再去約約看就對了，是嗎？」

「沒錯！」

「是啊。」

環尾和亞赫士回答，但心裡想的都是——這傢伙絕對沒有懂。

「好！我就去找珍娜約看看。」溫特用力拍一下手，像是下定了決心站起身來。

「好！了不起！」

「這樣才像勇者嘛。」

環尾和亞赫士連連叫好。溫特則對兩人說「謝啦」，隨後就跑著離去。

「……對了，溫特知道要去哪裡找珍娜嗎？」目送著溫特的背影，亞赫士像是突然想起什麼，「我們上次有交換聯絡方式嗎？」

「……我還以為你知道呢，你不是賢者兼變態嗎？」環尾卻這麼回答。

兩人先是大眼瞪小眼好一會，之後同時嘆了口氣，異口同聲地說：「算了，反正他是溫特嘛，總能找到的。」

珍娜最近一直都在煩惱著。

自從上次聯誼回來後，她一直心事重重，對任何事情都提不起勁，就算勉強做點事也心不在焉。最後乾脆整天待在租用的公會房間裡頭，除了必要的情況之外足不出戶。

雇主那邊來了好幾次催促，要他們快點下手。但爸爸最近卻因為受傷戴上了頭套，動不動就被門卡住，根本出不了門。然而，這些都還不是珍娜最煩惱的……

「珍娜小姐，請和我約會吧！」

突然間溫特出現在窗外，手拿著花束誠摯地大喊。

「你、你是怎麼找到這裡的喵？」珍娜嚇了好一大跳，耳朵和尾巴高高豎起，猛然跳到衣櫃上，那是她最喜歡待著的角落。

她質問溫特：「這邊那麼隱蔽，你到底是怎麼找到這裡的喵？」

「喔，很容易啊。」溫特一派輕鬆地說：「我聞著『氣味』，就跟到這裡了。」

「我的體味才沒有那麼重喵！」珍娜得知衝擊性的事實，氣急敗壞地慘叫，尾巴的毛跟著全豎了起來。

「啊，我不是那個意思。」溫特連忙解釋：「其實我聞得到魔力，珍娜小姐的魔力有股特別的甜味，就像是熱牛奶一樣，所以很好辨識。」

「咕唔唔……那是我早餐的味道吧……」珍娜稍微冷靜了一點，「外頭的人沒有阻止你進來喵？」

她借住的公會不用說，當然是殺手公會。既然叫做殺手公會，安全措施相當嚴密自然不在話下，還有許多巧妙的陷阱和經驗老到的殺手維持著公會的秩序。

「喔，你說外頭那些警衛嗎？」溫特搔搔頭，不好意思地說：「我只是說出名字，然後把聖劍給他們看一下，就讓我進來啦。還特地告訴我妳的房間號碼呢，真是一群熱心的人。」

「你們這些叛徒喵！」珍娜這才發現原來被人出賣了，氣得對外頭大叫，「唔……所以你來找我要幹嘛？」

「就如同剛剛說的，想請妳和我一起去約會。」溫特一臉誠懇地說：「希望妳能答應。」

「喵……那、那個……我考慮一下喵。」聽到溫特這麼熱情的邀約，珍娜有些不好意思，下意識地用手指捲著頭髮，「我也是很忙的喵……」

珍娜話說到一半，突然停了下來。此刻溫特竟露出既緊張又期待的神情，讓

她心頭一震，沒想到那個總是不疾不徐像是沒有感情的勇者，竟然也會露出這種表情。

「……好啦，我去，告訴我時間和地點喵。」珍娜最後嘆一口氣，還是點頭答應了。

「真的嗎？太好了！我保證這次約會一定會讓妳永生難忘！」溫特開心地雙眼閃閃發光起來。

珍娜見狀忍不住有些壞心眼地說：「真的嗎？我可是很挑的喵。太無聊的話，我會生氣喵。」

「這、這是什麼喵！」珍娜看著眼前的景象，簡直不敢相信自己的眼睛。

「喔，珍娜小姐妳好啊。」環尾一邊和珍娜打招呼，一邊背起一件超大的行李。

此刻他全副武裝，身穿盔甲頭戴頭盔，腰間還有一把巨大的戰斧，看起來就是要去冒險的模樣。

「是珍娜小姐啊，請稍等一下。」亞赫士走了過來，他也一樣全副武裝，身穿長袍手拿法杖，「溫特剛好去牽馬了不在，應該很快就會回……啊，他來了。」

亞赫士的話還沒說完，溫特就朝他們走來。和兩人相比，溫特的裝扮也同樣誇張，他身穿一襲白色滾金邊的披風，牽著一隻高大英俊的白馬。

雖然看起來十分的英俊瀟灑，就像童話故事中的王子，然而他手上卻握著一把流星錘，完全破壞了那股夢幻的氛圍。

「嗨。」溫特向珍娜揮手，同時手中的流星錘也隨著他的動作擺動，「抱歉，珍娜小姐妳等很久了嗎？」

「不是時間的問題喵！」珍娜大喊：「不是說好要約會嗎？怎麼多了另外兩個人！而且你們三個怎麼都穿得一副要出發去冒險的模樣？還有你手上那個流星鎚怎麼看起來那麼眼熟喵？」

「喔，確實可以說是要去冒險啦。」溫特點點頭，「因為我們要去魔王城呀。」

「……喵？你說什麼？」珍娜以為耳朵聽錯。

亞赫士見狀連忙補充：「珍娜小姐可能不知道，不過現在好像很多情侶都會選擇魔王城當作約會地點。」

同時他拿出一本翻開來的《坎周刊》，遞給珍娜。

珍娜快速地瀏覽起來，上頭標題寫著〈不可不知的約會聖地特輯〉，提到現

在年輕情侶約會一定要去一次魔王城，還介紹了魔王城裡不可錯過的幾個景點。

「……潮流這種東西真的好難懂喵。」珍娜看完啞口無言，愣了好一會才終於擠出這麼一句感想。

「喔，妳對流行也有興趣嗎？」環尾聽到珍娜的發言，立刻興致勃勃地自我推薦，「那就由我來教妳吧。」

「快住手！別再禍害世人了！」亞赫士連忙阻止環尾。

「妳說過太無聊的話可是會生氣的，所以我採用了這本雜誌的薦議，希望妳會喜歡。」溫特語氣十分誠摯地說。

「唔……我是說過……是這麼說過沒錯，可是……喵啊！」珍娜最後自暴自棄了起來，「我去！我去就是了喵！不過把那流星鎚收起來，看著球狀物晃來晃去會讓我很想要撲上去玩喵！」

「太好了！」溫特爽快地收起流星鎚，「那麼我們就出發吧。」

「喝啊！接招吧，祕儀之三，盾花！」溫特揮舞著長劍，大喝著一擊打倒了魔物。

「幹得漂亮！」

「做得好！」

環尾和亞赫士拍手叫好，然而一旁的珍娜則是十分安靜。

「還好嗎？珍娜小姐。」溫特見狀連忙上前關心。而珍娜終於從牙縫中擠出了一個字，「為……」

「為什麼約會的時候還要戰鬥喵！」看著眼前幽黑深邃像是一潭死水，就算是正午也只有一點點陽光勉強照進來的濃密森林，珍娜終於忍不住這麼大聲地吐槽。

三人互看一眼，搔了搔頭，最後還是溫特率先解釋：「這也是沒辦法的啊，畢竟死亡森林的魔物比較有侵略性……」

「不是那個意思，我是說。」珍娜先是深吸一口氣，才以惱怒的語氣說：「現在的情侶到底是怎麼回事喵？每對都是武鬥派嗎？」

「好了好了，珍娜小姐喝點水，別那麼激動。」亞赫士當機立斷拿出一瓶水，「況且不是有句話是這麼說，『情場如戰場』嗎？」

「這句話的意思絕對不是這樣喵！」珍娜大喊著接過水瓶。

環尾則又說：「這就是現在年輕人的趨勢吧。妳看肉食女現在不是很受歡迎嗎？」

「這也太肉食……」珍娜正忍不住又要抱怨，就在這時，森林裡突然傳來一道淒厲的狗吠聲。一聽到狗吠聲，珍娜的身體變得緊繃起來。

「那、那是什麼喵？」她緊張地問，身體也不自覺靠向溫特。

見到珍娜的反應，在兩人背後的環尾和亞赫士忍不住互看一眼。

「太好了，看來計畫很成功。」環尾用眼神這麼向亞赫士示意。

「是啊，當初選這條路線果然是正確的。」亞赫士也深感同意，「聽說家裡的貓和飼主不親的話，就要帶到陌生環境培養感情，而且這條路比一般觀光路線還要近，省下不少時間呢……」

「不用害怕。」溫特立刻轉換到戰鬥模式，彷彿換了個人似的，眼神犀利地伸出一手環抱住珍娜，「我會保護妳的。」

看著溫特那堅毅帥氣的側臉，珍娜的臉也不由得紅了起來，「我、我會自己保護自己喵。」

她連忙推開了溫特。然而，就在這時……

「嗷嗚～」他們左側的草叢突然動起來，三顆狗頭冒了出來。狗頭的眼睛瞪得老大，齜牙咧嘴，嘴邊流著一道長長的口水。

「是、是三隻狗喵！」珍娜全身的毛立刻膨了起來。

「不，不是三隻狗。」溫特冷靜地分析，並擺好架勢，「只有一隻，那是隻三頭犬！」

彷彿像是呼應溫特的話一樣，三頭犬從草叢一躍而出，直奔到他們面前。

這隻三頭犬毛色黝黑，尾巴有如鞭子般威嚇地揮舞著發出「咻咻」的聲音，身型也十分巨大，三顆抬起的頭甚至比環尾還高。

「嗷～嗷嗚～」

「汪嗚！」

「嗚～汪！」

三顆狗頭目露凶光，昂首長嚎發出不同的聲音。

「我們上！」溫特這麼說。

「沒問題！」

「我來掩護！」

環尾和亞赫士早就擺好架勢，同時這麼應答並分別跑向左右，打算從兩側同時包抄三頭犬。

「汪嗚！」

「汪汪汪！」

「嗷嗷！」

被三人巧妙地誘導，三頭犬的三顆頭分別轉向不同方向，一時間身體協調不過來。

「好、好厲害喵……」儘管沒有事先溝通，但三人的默契天衣無縫，讓站在一旁的珍娜不由得看呆了。

「趁現在！」溫特大喊。另外兩人也異口同聲地說：「上啊！」

溫特舉起長劍，環尾揮舞巨斧，亞赫士則握緊法杖，從三面同時發動了攻擊，「祕儀之二，聖雨！」

「汪嗚～」

「嗷嗷～」

「嗚嗚～」

抵擋不了同時來自三方面的攻擊，三頭犬只好往防守相較薄弱的方向逃竄——而那正是珍娜所在的方向。

「糟了！」

「珍娜小姐小心！」

環尾和亞赫士見狀，連忙朝珍娜跑去，想要保護她。不過珍娜卻靈敏地先自發行動了起來。

「嘿喵！」她全力一躍，便輕而易舉跳到三頭犬的背上，就像一片落葉般輕巧。

「什麼？」

「好快！」

見到珍娜的反應，環尾和亞赫士大吃一驚，愣愣地看著珍娜的動作。

珍娜身形靈巧地移動，儘管有兩顆狗頭立刻轉過來，張開大嘴朝她咬了過去，她卻輕鬆地一一躲過。

「這就是最後了喵！」她這麼大叫，清爽俐落地從狗背上縱身一跳。

同時間，三頭犬的尾巴卻從珍娜視線的死角掃了過來。

「不行，快閃開！」環尾和亞赫士一同大叫。

「喵嗚！」珍娜猝不及防，下意識閉上了眼睛。

「祕儀之九，玉兔。」

不過就在這時，她突然聽見一道聲音。隨後感覺似乎有什麼撐住了後背，並帶著自己往上飛去。

珍娜睜開眼，驚訝地發現眼前所見的既不是三頭犬，也不是地面，而是溫特

堅毅帥氣的側臉。

「妳沒事吧？」發覺珍娜在看他，溫特雖然沒回頭，還是溫柔地這麼問。

「喵嗚！」珍娜不由得臉紅，同時感覺到心臟猛烈地跳了起來。她嬌羞地低下頭，小聲地呢喃：「我、我沒事喵……」

然後她看到了腳底下的森林，看到了樹梢，和遠方一望無際的天空。

「喵呀啊！」珍娜慘叫起來，心臟幾乎要跳出來，不過這次是因為害怕。她緊緊抱住溫特的頭，毛也全都豎了起來。

「那個……珍娜小姐妳的胸……」溫特似乎有些不好意思，「而且這樣我看不到……」

「快點喵！快點下去喵！」不過珍娜完全沒有聽進去，她淒厲的尖叫聲甚至把三頭犬嚇得夾起尾巴。

「好喔。」溫特點頭答應，同時向上的衝力漸漸停下來，兩人開始向下墜落。

「不是這樣下去喵！」珍娜忍不住再度尖叫，同時感覺到一股失速感，就像心臟被擠到喉嚨快飛出來一樣。

溫特倒是十分冷靜，儘管完全看不到周遭，他卻像是其他部位也長了眼睛似的，巧妙地利用樹枝緩衝減速，動作輕巧敏捷，一瞬間便平安無事降落在地面。

「喂！」

「你們沒事吧。」

另一頭，環尾和亞赫士跑了過來。

映入兩人眼簾的，是珍娜仍餘悸猶存，繼續整個人緊緊抱著溫特，身體微微發抖著的畫面。

「那個……可以下來囉。」溫特的語氣輕柔，像是在安撫受驚的小貓。

環尾和亞赫士見到這一幕，先是互看一眼，之後忍不住噗哧一聲笑了出來。

「噗哈哈！」

「哈哈。」

「你、你們在笑什麼喵！」被兩人這樣恥笑，珍娜這才總算是回復正常，滿臉通紅地連忙從溫特身上下來。

「不、不好意思……噗噗。」

「咳咳……對不起，可是我聽說貓是不怕高……」

兩人邊笑邊解釋著。

「剛剛那也太高了喵！」珍娜繼續辯解著，「根本就是飛起來了喵！就算貓不怕高，也是有極限的喵！」

「唉，畢竟他是溫特嘛。」環尾笑著聳聳肩，而亞赫士也點點頭，「習慣就好了，畢竟是溫特嘛。」

「這是什麼意思？」聽到兩人這麼說，珍娜不解地問：「『畢竟是溫特』不能算是理由喵。」

「喔，不是那個意思啦。」環尾搔搔頭，「該怎麼解釋呢……因為他是勇者？」

「是啊，因為是勇者，所以各方面都不能以一般人的標準去衡量。」亞赫士也一副理所當然的樣子，「不只跳得比別人高、跑得比別人快，連思考都和一般人不同也是很正常的。」

「……」珍娜聞言沉默不語。不知為何，成為勇者明明是件很令人羨慕的事，但在兩人嘴裡聽起來卻是十分孤獨。

「那隻三頭犬怎麼樣了？」然而在珍娜整理好思緒前，溫特已經走上前詢問兩人。

「逃走了。」環尾一派輕鬆地收起武器，「畢竟只是一隻小狗而已嘛，趕到森林深處，不要讓牠傷害人類就沒事了。」

「那還只是一隻小狗嗎？」珍娜不敢置信地問：「明明那麼高大喵。」

「是啊。」亞赫士點點頭，「成年三頭犬的體型應該還會再大上兩倍，剛才那隻還只是小孩子，可能是聽到我們的聲音感到好奇才跑過來看。」

「一點都不可愛喵……」珍娜回想起剛才那隻三頭犬一臉凶惡的樣子，嘟起了嘴。

「哈哈。」見到珍娜的反應，亞赫士也只能苦笑。

「對了。」溫特看向兩人，「你們兩個受傷了啊。」

環尾手上有好幾處破皮和擦傷，亞赫士則是身上有幾處瘀青，兩人看起來都有些狼狽。

「啊，是剛才趕那隻小狗回森林的時候，不小心弄傷的吧。」環尾不在乎地說：「別緊張，這些只是小傷啦。」

「這可不行。」溫特搖搖頭，「這裡可是野外，萬一被感染的話可就不好了。」

「唔……」環尾一時間無話可說。而亞赫士則是說：「不過剛才為了不要讓那隻小狗受傷，我施展太多魔法，已經沒有魔力了，得要稍微休息一下才能施展醫療魔法。」

「嗯……那麼，可以請珍娜小姐來治療他們兩個嗎？」溫特思考了一下，突

然看向了珍娜，「修女應該會醫療魔法吧。」

「……喵？」珍娜發出疑惑的聲音。

「喔，這樣也不錯。」環尾也贊成，「亞赫士的醫療魔法每次都害我癢得要命，換個人來也許比較好。」

「有意見的話，你就自己去學醫療魔法啊。」亞赫士對環尾抱怨，之後又轉向珍娜客氣地問：「不好意思，珍娜小姐，這樣會不會太麻煩妳了……」

「是、是不會喵……」珍娜冷汗直流，不用說她根本不會醫療魔法，「只、只是太久沒施法，有點生疏了喵……」

「真是謙虛呢。」然而溫特卻完全誤解，還以為珍娜是在客氣，又對兩位同伴說：「珍娜小姐可是會很多魔法，像是把食物變好吃的魔法，那真的還滿有效的。」

「喔喔，聽起來不錯。」

「居然有這種魔法嗎？真令人好奇啊。」

環尾和亞赫士聞言也產生了興趣。

「喵哈哈……」珍娜含糊地陪著笑。

正當她還在想著該怎麼拒絕時，環尾突然又補上這麼一句：「對於修女來說，醫療魔法應該算基本功吧。」

「……」聽到環尾這麼說，珍娜頓時沈默下來。

「是啊。」亞赫士這時像是在補刀，「想要成為修女可不是誰都行，至少要會醫療魔法才能被承認，其他地方我不清楚，但在坎爾德隨便自稱修女可是違法的……」

「好啦，做就做喵！」亞赫士的話讓珍娜所有的退路一瞬間被封死，她有些自暴自棄地大喊：「就讓你們看看本喵的實力喵！」

「呃……其實我的傷也不是一定要馬上治療啦……」

「是啊，珍娜小姐，假如妳不方便的話也沒關係……」

被珍娜的氣勢給壓倒，環尾和亞赫士反而變得畏縮起來。

「少囉唆喵！」然而珍娜卻乘著這股氣勢，凶悍地指著兩人，「你們兩個給我一起過來，坐在這邊，別浪費時間喵！」

「唔……好、好吧……」

「那個……請手下留情。」

環尾和亞赫士兩人先是互看一眼，就像挨罵的小孩子一樣，乖乖照著珍娜的指示坐好。

「好了喵……讓我想想……」珍娜開始動手暖身起來，一下折關節，一下做伸展運動，「以前把拔教過，殺手在危急狀態使用的急救魔法好像是先這樣……」

「咦？等、等一下，珍娜小姐，關節不能這樣彎……哇啊！」

「哇啊啊！我投降！我投降！等……呀啊啊！」

環尾和亞赫士兩人的慘叫聲在森林裡迴盪著，驚起無數棲息的鳥類，還嚇得所有聽到他們聲音的魔物紛紛轉身就逃。

「好了，終於到了，這裡就是魔王城。」溫特向珍娜介紹。

此時他們四人在一處山坡地上，這邊地勢較高，旁邊是一面岩壁，可以很清楚地看到下方的景色。

「這、這裡就是魔王城喵……」俯看著眼前的景象，珍娜眉頭抽搐，強忍著想要吐槽的衝動。

他們眼前是一座十分豪華的主題樂園。五顏六色的旗幟迎風飄蕩，大聲播放著歡樂的音樂，一旁的售票亭排了好幾條人龍，原本的石拱門上掛著一面巨大的紅色布條，上頭寫著「歡迎蒞臨魔王城」七個大字。

「該怎麼說呢……看起來十分歡樂的樣子喵？」珍娜含蓄地表達感想。

「真是太好了。」溫特欣慰地說：「很高興聽到珍娜小姐妳喜歡。」

「是喵……那麼我們快點下去吧，排隊的人龍那麼長，應該要排很久喵。」珍娜其實不確定自己喜不喜歡，倒是假如魔王如果看到城堡被勇者改建成現在這個樣子，不知會有什麼感想。

「這個嘛……」

「呃……」

然而環尾和亞赫士卻互看一眼，露出別有深意的笑容。

「什、什麼喵？」珍娜提高警覺，經過剛才的「治療」之後，她對兩人有些防備，害怕兩人會不會因此記仇，不過當事人當然完全沒有那種念頭。

「啊，其實我們知道一條祕道。」溫特開始解釋：「之前討伐魔王時，就是用那條捷徑闖進魔王城的，雖然現在是員工專用就是了。」

「……這算是公器私用喵。」珍娜聽到這麼現實的理由後，不由得這麼說。

「好了啦，別那麼嚴厲嘛。」環尾幫腔：「可以在那邊見到魔王城的吉祥物——小三和小王喔。據說情侶只要和他們一起被畫進肖像畫，感情就可以長長久久呢。」

「這名字聽起來就很奇怪喵！」珍娜聽了一點都不興奮，「真的會幸福嗎？命名品味也太差了喵。」

「畢竟是魔王城嘛。」亞赫士開始解釋：「所以就直接叫小王了，而小三……嗯，是因為魔王有三條命，才這樣命名。」

「好。」溫特拍了拍手，將三人的注意力拉了過來，「我們趕快過去吧，再拖下去天都要黑了。」

「好。」

「我們走吧。」

環尾和亞赫士連忙附和，珍娜也起身和三人一起走向魔王城。

「歡迎來到魔王城！魔王魔王！」

魔王城裡人來人往著，有摟摟抱抱十分甜蜜的精靈情侶，有來校外教學的人類學生，還有看起來是一家人的獸人家族，空氣裡充滿著歡樂的氣氛。

然而他們一進魔王城，就被門口兩個惡魔攔了下來。

兩個惡魔身材壯碩，全身上下都是肌肉，頭上有大大的兩支角。打扮則是十分浮誇，穿著披風長靴，全身上下都是一片黑。

「……這個……到底是什麼喵！」珍娜看著眼前兩個惡魔，忍不住嚷嚷。

讓珍娜大叫的是兩個惡魔的穿著。其中一個在披風下只穿著一條十分緊繃的皮褲，將腿部線條完全展露出來；而另一個惡魔更是驚人，儘管人高馬大卻穿著女裝，還濃妝豔抹有一股香水味。

穿著皮褲的惡魔先帥氣地抖動披風，之後開口自我介紹：「我是小王。」

「我是小三。」他一說完，穿著女裝的惡魔很有默契地接上，還向珍娜拋了個媚眼。

「歡迎來到魔王城～魔王魔王！」兩個惡魔分別擺出姿勢，像是排練了很久的樣子。

「喵嗚！」剛剛的媚眼讓珍娜不由得打了個寒顫，全身的毛都膨了起來。而且她似乎還在穿著女裝，自稱小三的惡魔下巴附近看到一點點青色的鬍渣。

「我們是魔王城的吉祥物！魔王魔王！」

「我們負責魔王城的和平，保護所有來玩的遊客們！小貓咪迷路了嗎？我們可以當妳的嚮導喔，魔王魔王！」

兩個惡魔似乎沒有查覺到珍娜的反應，繼續熱情地招呼她。

「好啦你們兩位，雖然很熱情，不過人家都被嚇到了。」

「是啊，謝謝你們，不過我們知道路，不用麻煩了。」

就在這時，環尾和亞赫士宛如救星般走上前來。

「喵！你、你們兩個……」珍娜十分感動，不由得對兩人生出些微好感。

但她的話還沒說完，兩個惡魔驚訝地用手遮住了嘴巴，盯著環尾和亞赫士。

「咦？這、這身肌肉……難道是武聖環尾大人！」

「這個聲音……難道是賢者亞赫士大人？」

他們甚至連身為吉祥物設定的口頭禪都忘了，這氣勢也壓倒了兩人。

「呃……是啊。」

「有、有什麼事嗎？」

被兩個惡魔的誇張反應嚇到，環尾和亞赫士似乎回想起先前的往事。

「呀啊！環、環尾大人，我是你的粉絲！」

「我、我也是，我已經崇拜亞赫士大人很久了！」

兩個惡魔先是互看一眼，之後發出尖叫聲。

「喔、喔喔……」

「是、是嗎？」

環尾和亞赫士似乎是感受到某種危機，下意識後退一步，然而惡魔卻絲毫沒有打算放過兩人的意思。

「請、請您一定要在我的胸肌上簽名！」小三靠向環尾，一手拿出一支羽毛筆，一手拉開衣領露出結實的胸肌。

「請您務必和我一起給畫家畫肖像！」小王以雙手緊緊地握住亞赫士的手，不給他半點逃跑的機會。

「呃……等、等一下……」

「不、不好意思，現在有些不方便……」

兩人節節敗退，與之前攻進魔王城時的狀況完全相反。

「喵！這、這下完蛋了喵……」珍娜和兩人一起後退，心中不由得浮現這樣的想法。然而就在這危急的時刻，一道聲音突然從她背後傳出。

「你們在幹什麼？」

那是溫特的聲音，珍娜還來不及轉過頭，就被眼前兩個惡魔的反應給吸引。

「噫！等、等一下！」兩個惡魔一看到她背後的溫特，立刻大驚失色，「難、難道是勇者大人嗎？」

「嗯？是啊。」溫特隨口一說，兩個惡魔就連連鞠躬向他們賠不是。

「真是萬分抱歉！不好意思打擾您了！」

「是啊！我、我們立刻離開！」

兩個惡魔說完，也顧不得其他，就立刻一溜煙地逃之夭夭。

「這是怎麼回事喵……」珍娜看到兩個惡魔這樣的反應，不由得愣了一下。

「呼，得救了，謝啦。」

「是啊，還好有你在。」

環尾和亞赫士似乎鬆了一口氣，而溫特似乎依舊沒搞清楚狀況，「雖然不知道發生什麼事，總之有幫上忙就好。」

「那個……」珍娜轉過頭，「剛剛是怎麼回……你這是什麼打扮喵！」

「嗯？怎麼了嗎？」面對珍娜的質疑，溫特露出疑惑的表情。

「不是怎麼了喵！你也太享受了喵！」珍娜大喊道。

溫特全身上下都是遊樂園的紀念品，頭上戴著會發光的角，臉上戴著一副造型墨鏡，服裝也變成印著「我征服魔王城了」的紀念上衣。

「你老毛病又犯啦。」亞赫士接過一頂城堡外形的帽子戴在頭上，「每次來到遊樂園就很興奮，買一堆紀念品。」

聽到亞赫士這樣說，珍娜不由得有些訝異地看向溫特。溫特的表情依舊沒什麼變化，看不出來任何興奮的樣子。

「我也有幫大家買，要嗎？」

「真是有錢喵……等等，這個娃娃！」

溫特拿出一個大袋子，珍娜雖然嘴上這麼說，但看到袋子裡頭的東西，立刻瞪大了眼。

「好可愛喵！」她迅速拿出一個娃娃抱在懷裡。

環尾見狀便說：「喔，原來是這個啊，這也算是魔王城的特產了。」

「為什麼魔王城會有這個喵？」珍娜懷中的娃娃是一隻大型章魚，看起來十分肥美可口。

「那是魔王手下四天王之一的克拉肯，就是一隻大章魚……當然，實物並沒有那麼可愛就是了。」亞赫士說明道。

「也太好吃了喵！」

「那時候打得很辛苦呢。」溫特也說：「因為是在海上，所以相當難纏。」

「而且環尾怕水，完全派不上用場。」

「說我派不上用場也太過分了吧，我好歹也有幫一些忙啊，像是替你們加油之類的。」

亞赫士在一旁吐槽，環尾則這樣辯解著。

「喵哈哈……」

「對了，珍娜小姐。」亞赫士沒理會環尾的藉口，「妳剛剛是不是想問什麼？」

「對了喵。」被亞赫士提醒，珍娜這才猛然想起，轉向溫特問：「為什麼剛才那兩個惡魔看到你，就嚇得逃掉了喵？」

「確實，珍娜小姐不知道呢……」

聽到珍娜這麼問，溫特三人互看一眼。

「應該解釋一下。」

「嗯，我想說出來也無妨。」

三人討論了一會，最後得出結論。

「什、什麼喵？」

「老實說……」

「其實……」

環尾和亞赫士默契十足地指向溫特，「他是這裡的老闆。」

「什麼喵！」珍娜瞪大了眼。

「……所以打倒魔王後，魔王城就歸勇者所有。而且你還把討伐魔王賺來的獎金，拿來聘用這群惡魔，讓他們在這裡當員工喵?!」珍娜在搞清楚來龍去脈後，深吸了一口氣，之後便猛力地吐槽：「那你怎麼會不知道這裡變成約會聖地了喵！一副第一次到這裡玩的樣子喵！」

「確實是第一次沒錯啦……」溫特搔了搔頭，「在討伐魔王後，就再也沒來過這裡了。雖然知道變成遊樂園，但清楚實際的情況怎樣，約會聖地這件事也是第一次聽說。」

「這、這個人實在是喵……」

「好了啦、好了啦。」

見到珍娜臉上三條線，亞赫士連忙一如既往地跳出來打圓場，「這是好事啊，雖說是惡魔，他們其實也沒做什麼壞事，只是被魔王利用了而已。這樣不只有工作可做，還能教導他們怎麼與其他種族和平相處，是件好事。」

「……是沒錯喵。」珍娜也只能無奈地同意，「是很有勇者的風格沒錯喵……不過居然放著一座遊樂園不管，該說是神經大條，還是太隨意了……」

「肯定兩者都有。」

「一定兩者皆是啦。」

環尾和亞赫士立刻回答。

「……我有那麼誇張嗎？」溫特這麼問。而環尾和亞赫士則是立刻同時回應：「有！」

珍娜在一旁看著三人拌嘴的模樣，胸口也變得暖洋洋。

「啊啊，這個人。」看著溫特，珍娜在心中這麼想著，「真的是一點私心都沒有喵，總是為他人著想。雖然會做出一堆胡來的舉動，令人完全搞不懂在想什麼，但對人總是一片誠心誠意，和我完全不一樣……」

想到這邊，珍娜突然感覺臉頰溼溼的，一摸才發現原來是自己的淚水。溫特三人看到這幅景象，也露出詫異的表情。

「珍娜小姐，妳、妳還好吧。」溫特連忙問：「發生了什麼事？有哪裡不舒服嗎？」

「沒、沒事喵！」珍娜胡亂用手抹去臉上的淚，「只是陽光太強，亮得有些刺眼喵！」

「是……是這樣嗎？」

「就是這樣喵。」珍娜強硬地轉移話題，「那麼你既然是老闆，為什麼還要像一般遊客一樣買這麼多紀念品喵？明明這些都是你的商品喵。」

「這是為了要鼓勵員工。」雖然對珍娜剛剛的反應有些耿耿於懷，溫特還是回答了：「畢竟有人願意買自己賣的東西，對員工來說也是一種鼓勵嘛。」

「而且假如坦白說是老闆的話，勇者的身分就露餡了。」亞赫士幫腔：「雖說有隱蔽魔法，假如太顯眼還是會被發現的。」

「是這樣沒錯喵……不過你是這個地方的老闆，沒必要像現在這樣人擠人喵。」

「是嗎？我倒覺得偶爾像個普通人來遊玩也挺好啊，反正我是不討厭啦，話說……你們不覺得，老闆這個稱呼滿不適合溫特的嗎？」環尾突然拋出話題，「剛剛聽你們一直這麼叫他，總感覺怪怪的。」

「喵？」珍娜愣了一下。亞赫士點點頭，「唔……確實，被你這樣一說，我也有同感，總覺得這樣叫溫特好像有點庸俗。」

「對吧？換個叫法比較好吧。」聽到亞赫士贊同，環尾立刻提議。

「我都可以，不管叫什麼都行。」溫特似乎無所謂。而珍娜則是好奇地問：

「那你們要換什麼叫法喵？」

「唔嗯嗯……」

「這個嘛……」

環尾和亞赫士沈思了起來。

「啊，有了。」環尾拍手，「既然溫特在這裡的工作『總』是要做各種『裁』決，那麼叫總裁……」

「絕對不行喵！」環尾的話還沒說完，珍娜就厲聲打斷，「雖然不知道為什麼，但總覺得叫總裁的實在是太多了，換一個喵！」

「啊，我想到了。」亞赫士這時也提出了意見，「不然用溫特的功績來稱呼如何？像是屠龍者那一類的。」

「聽起來不錯喵……」

「溫特最大的功績那當然是打倒魔『王』，而他的第一份任務，是幫助鄰村的老爺『爺』，把這兩個合在一起叫王爺……」

「否決喵！」珍娜又再次制止，「絕對不行喵！同樣也是不知道為什麼，總覺得已經有太多王爺了喵！」

「這也不行嗎？」

「唔……這樣就難辦了啊。」

聽到珍娜接連否決，環尾和亞赫士露出了為難的神色。

「噗嗤。」一個笑聲響起。三人驚訝地轉頭看向笑聲來源，發出笑聲的不是別人，正是溫特。

「不好意思，只是看到你們三人的互動覺得很有趣而已。」溫特見狀連忙解釋。

「很少見到你這樣笑。」

「對啊，看來你心情真的很好啊。」

環尾和亞赫士有些意外，這讓溫特有些不好意思地搔了搔頭，「是嗎？」

珍娜則是呆呆地看著溫特，這是她第一次看到溫特露出那種表情，這種新鮮的感覺讓她不由得小聲地喃喃吐露，「好可愛喵……」

「珍娜小姐，妳剛剛說了什麼嗎？」儘管很小聲，但溫特還是聽到了。

「什麼都沒有喵！」自言自語被聽到的珍娜臉不禁紅了起來，「還有，既然都討論了你的叫法，也改改對我的叫法喵！」

「改對妳的稱呼嗎？」

「是喵，把小姐拿掉喵！」珍娜指著溫特，「這麼客氣，聽起來讓人覺得很不舒服喵！」

「珍娜小……咳咳，珍娜說得沒錯。」亞赫士也在一旁贊同，「況且難得的約會，改一下稱呼也比較好。」

「是、是嗎？」溫特有些不知所措，但還是說：「那麼，珍娜。」

珍娜聞言，露出如陽光般燦爛的笑容，「很好喵！那麼……都來到這裡了，現在要玩些什麼喵？」

「我已經安排好了。」溫特開始敘述自己安排好的行程，「首先先去黑暗地窖，之後再去死亡墳場，有空的話還可以順道繞去禁忌實驗室，然後再……」

「等、等一下喵！」溫特的話還沒說完，珍娜的耳朵就緊張地豎了起來，「那些聽起來就很可怕的行程是怎麼回事喵？」

「啊，抱歉抱歉。」見到珍娜的反應，亞赫士連忙解釋：「那些都只是遊樂設施的名稱而已啦，聽起來有點嚇人，其實沒有那麼可怕啦。」

「呀啊啊——呀啊啊——！」

「喵呀！」雖然亞赫士這麼說，但是一旁的遊樂設施突然傳來一陣尖叫，讓珍娜嚇一大跳，不禁緊張了起來，「那、那是什麼喵！」

「大概是遊樂設施太刺激了吧。」環尾望向聲音傳來的地方，「是從『無盡地獄』傳來的，那是全魔王城裡頭最刺激的遊樂設施。」

「最、最刺激喵？」

「啊，是啊，首先是……」環尾突然放低聲音，向珍娜悄聲耳語。

「什、什麼？這、這是真的喵？」

「然後再把……」

「怎麼會有人有那麼殘酷的想法喵！就連惡魔都不會這樣做喵！」

「之後還要……」

「還有其他？這裡真的是給一般人來玩的地方喵？」

聽著環尾的敘述，珍娜的臉越變越白，不過就在想要打退堂鼓的時候……

「假如會害怕的話，握著我的手怎麼樣呢？」她的面前伸出一隻手。

那自然是溫特的手。珍娜看向溫特，溫特雖然依舊臉上面無表情，裝扮也十分滑稽，但在珍娜眼中看起來卻十分帥氣可靠。

「我、我才不害怕喵！」珍娜連忙逞強地反駁：「才、才不需要喵。」

儘管這麼說，她的雙腿還是在微微發抖著。

「是這樣嗎？」溫特想了想，隨後又說：「那麼，妳可以握住我的手嗎？畢竟我會害怕。」

「天啊，溫特你……」

「這、這是……」

聽到溫特這麼說，環尾和亞赫士先是愣了一下，之後異口同聲地說：「你生

病了嗎？」

「你們兩個太沒禮貌了喵！真的是伙伴喵？」珍娜吐槽了起來。

「不，可是……」

「抱歉，我們只是太驚訝了……」

環尾和亞赫士連忙辯解。

「還是第一次看到溫特這個樣子。」

聽到亞赫士這麼說，珍娜的心突然猛烈地跳了起來。

「這樣做真的很奇怪嗎？」溫特先是想了想，接著點頭說：「不過確實，這滿不像我的風格……不過不知為何，就是覺得該這麼做。」

「溫特，你終於也成長了啊……」

「太好了，我突然有種當了爸爸的感覺。」

環尾和亞赫士似乎感慨萬分。

「……只有這一次喵。」珍娜最後還是握住溫特的手，臉上也變得紅通通的。

「喵哈哈，真的好有趣喵！」珍娜一邊大笑著，一邊從上頭寫著「地獄出口」的門走了出來。

「妳能感到開心那最好了。」溫特回應。兩人依舊手牽著手，看起來就像是一對甜蜜的情侶。

「喂喂，你沒事吧。」

「……沒、沒事，我只要休息一下……」

跟在兩人身後的，是一臉蒼白癱軟無力的亞赫士，和扛著亞赫士的環尾。

「剛剛真是太好玩了，特別是那個大迴轉。」珍娜依舊相當興奮，比手畫腳地說：「實在太厲害，好想再玩一次喵。」

「咿！」

「亞赫士？亞赫士！快醒醒啊！」

聽到珍娜躍躍欲試的感想，亞赫士立刻口吐白沫，環尾則連忙拍打亞赫士的臉頰，試圖讓他清醒過來。

「不好意思，不過時間差不多了。」這時及時化解危機的是溫特，「我還有兩個地方想要帶妳去看。」

「喵？」珍娜立刻被勾起好奇心，「那兩個地方在哪裡喵？」

「也在魔王城裡，跟我來。」溫特拉著珍娜的手，跑了起來。

「等、等一下喵！環尾和亞赫士怎麼辦？」珍娜連忙追問，但溫特卻像沒有

聽到一樣繼續向前跑。迫於無奈之下，珍娜只好跟著他一起加快腳步。

兩人在遊樂園裡奔跑著，跑過一個個剛剛玩過的遊樂設施。儘管四周的遊客好奇地看著他們，溫特卻絲毫沒有遲疑，仍繼續快步奔馳。

珍娜被牽著一路跑，讓她有種彷彿是愛情故事中的女主角，正和溫特私奔一樣的幻覺。正當她在胡思亂想時，溫特突然停下腳步。

「抱歉，珍娜。」溫特突然用公主抱的方式，將珍娜抱了起來。

「什……等等喵！」她不禁放聲叫。

「我要稍微強硬一點了。」溫特猛然一躍而起。

「不要喵喵喵！」珍娜驚聲尖叫，比剛才坐遊樂設施時還要害怕千萬倍，但兩人還是飛到了空中，「你這人、你這人怎麼每次都這樣喵！吃我的貓拳喵！」

「不用害怕。」儘管被貓拳捶了好幾下，溫特只是平靜地說：「往下看看。」

「什……喵！」珍娜照著溫特的話做，往下一看，下面的景色立刻讓她屏息。

他們正下方是整座魔王城，夕陽照射在城堡尖塔上，反射出金色餘暉，白色的城壁也因此變得金碧輝煌。而城堡一旁的花園，可以看得到裡頭的樹與花圃五顏六色、阡陌綜合，給人一種幾何式的美感。

此刻已是快要閉園的時間，鐘塔裡的鐘被敲響，悠揚的鐘聲迴盪在空氣中，遊客們紛紛離去。從他們所在的高處看，變得有如玩偶一般大小的人們魚貫而出，看起來井然有序。

「這就是我想讓妳看的第一個地方。」不知何時，他們已經站在一處露天陽臺。溫特放珍娜下來，兩人就這樣肩併著肩，眺望著遠方。

「我一直很喜歡從高處來看世界。」看著遠方，溫特聊起心中的想法，「以前每天的生活都只有訓練，沒時間和機會認識外界，等可以自由出來冒險時，所有的事物對我來說都很新鮮。我想要把以前錯過的都補回來，這種方式是最快能看到一切的。」

珍娜看著溫特的臉，在夕陽的照射下，儘管還是沒有什麼表情，溫特的眼神看起來卻十分溫柔，讓她一時間說不出任何話來。

「這次的約會，妳滿意嗎？」溫特又問：「會無聊嗎？」

「……一點也不喵。」在這樣的氣氛下，她難得坦承自己的感覺，「我玩得很高興，謝謝你喵。」

「……是嗎？那太好了。」溫特露出微笑，讓珍娜不禁怦然心動了一下。

「咳咳……」為了掩飾，珍娜假咳了一下，並換了個話題，「那麼，你說想帶

我去的第二個地方是哪裡喵？」

「啊，就在這裡。」溫特走到一旁的窗前，打開落地窗拉門，掀開紫色窗簾，「女士優先。」

珍娜跨步走了進去，發現裡頭是一間十分漂亮的房間。房間很大，足以舉辦小型舞會，天花板上掛著三盞水晶吊燈，水晶在燈光的照射下閃閃發光。四周則有鮮花布置，牆上掛著好幾幅一看就知道出自於名家之手的畫作，地上鋪著地毯，讓整個房間看起來就像禮堂似的。

亞赫士在房間正中央，手拿法杖一副正在準備魔法的樣子。他看到兩人到來，不禁皺起眉頭，「比原先計劃的還要早啊，溫特。」

「抱歉。」溫特說：「看來我確實是有些太興奮了。」

「算了啦。」環尾站在梯子上，似乎直到剛才還在掛著什麼裝飾，「反正我們這邊也快完成了嘛。」

「是沒錯啦。不過我不想當電燈泡啊，這本來應該是只屬於他們兩人的時刻。」亞赫士說。

「沒關係喵。這些都是你們布置的嗎？」珍娜見到兩人，立刻就猜到他們正在祕密計畫些什麼。

「算是吧。道具是向國王陛下借來的，我們只有出力而已，國王陛下等會也會過來的樣子。」環尾說明。

「好了。」亞赫士法杖一揮，便冒出無數顆小光球飄浮在空中，看起來就像螢火蟲一樣。

「好漂亮喵。」見到這些光球，珍娜不由得讚嘆。

「哼哼，不錯吧。」亞赫士得意地說：「這是光系魔法，而且還不只這樣喔。」

他像是在使用指揮棒一樣揮動法杖，光球也跟著在空中飛舞了起來，排列出各種形狀。

「愛心。」亞赫士一下指令，光球便一一排出那些形狀，「花、天馬，還有……自動戰鬥兵器。」

光球排成一個巨大的機器人。

「怎麼好像在哪裡看過喵……」珍娜看著那個機器人皺起了眉頭，似乎想起些什麼。

「珍娜。」這時溫特突然喚道，珍娜回過頭來，看到溫特一臉認真地站在面前，「有件事情我想要告訴妳。」

「是、是的喵！」見到溫特的態度，珍娜立刻挺直背，尾巴也緊張地高高豎起。

「我喜歡妳。」沒想到溫特第一句話就開門見山直接告白。他深吸一口氣，才繼續說：「……抱歉，我不太會說話，所以就直說了。從第一次見面開始，我就覺得妳是個與眾不同的女孩。」

「喵嗚～」聽到這麼單刀直入的告白，珍娜的臉已經比剛才的夕陽還要紅了。

「和妳在一起的每分每秒都很快樂，時間就像是飛一樣地過去。但我現在才發現自己是個貪心的人，這些時間不夠，遠遠不夠，還想要更多。」溫特繼續這麼說，同時雙手一把抓住珍娜的肩，「我還想要與妳在一起擁有更多時間，可以告訴我妳對我的想法嗎？」

「喵、喵喵～」聽到溫特這麼熱情告白，珍娜腦袋已經暈乎乎了，「我、我喵……」

「加油啊，一定可以的……」

「老天啊，我好緊張……」

環尾和亞赫士在一旁看著這一切，連大聲呼吸都不敢，只能以眼神溝通。

「我、我也喜……」

珍娜的回覆還沒說出口，門就突然轟地一聲被打開。一個聲音朗聲說道：

「各位好啊。」

眾人轉頭一看，那不是別人，正是魯道夫五世。

「聽說勇者大人已經有交往的對象，本王特地前來祝……」見到眼前的景象，他話說到一半突然停了下來，臉上露出驚恐的神情。

「呃……偏偏是在這個時候……」

「這可真是……太尷尬了啊……」

環尾和亞赫士見狀，不禁扶額無奈地嘆氣。

「沒關係。」溫特轉向魯道夫五世，「國王陛下，請容我介紹，這位是珍娜……」

但是溫特的話還沒說完，魯道夫五世就猛然回過神來，指著珍娜大喊：

「有、有刺客啊！快來人，殺手出現啦！」

「……啥？」

「什麼？」

「咦？」

溫特與伙伴三人都感到莫名其妙。但聽到魯道夫五世的命令，禁衛隊士兵立刻全都衝進房間，一看到珍娜也都露出如臨大敵的表情，掏出武器圍了上去。

「勇者大人、環尾大人、亞赫士大人，快點離開那個女的！」一個看起來像是隊長的人大吼：「那女的很危險，有多次刺殺行動的記錄。她的目標是您啊！勇者大人，快點離開她！」

「什……」

「怎麼會？」

環尾和亞赫士都面露吃驚。溫特則是不敢置信地轉頭看向珍娜，「珍娜……這是真的……」

「對不起。」然而他話還沒說完，就聽到珍娜的聲音這麼說。同時猛然冒出一陣煙霧，很快地就蔓延到了整個房間。

「是煙霧彈！」

「可惡……什麼都看不清楚！」

「快把窗戶打開！」

士兵們大喊著四處奔走，溫特這時又聽到珍娜的聲音。

「很抱歉騙了你喵。他們說得沒錯，我是要來殺你的殺手，我不會再出現在你面前了，請忘了我喵。」

煙霧漸漸散去，而珍娜也已經消失了蹤影，只留下現場一群人你看我、我看你。

CHAPTER
終章
決戰舞會！

「抓到獸人女殺手了嗎？」王宮的密室裡，魯道夫五世坐在王座上問道。

「報、報告陛下，目前還沒有蹤影，殺手公會也表示不知道她的下落……」一位大臣戰戰兢兢地回答：「不、不過，我們已經發布通緝令全力搜索，也已經出動禁衛軍，相信很快就能把那個女殺手逮捕歸案。」

「動作快一點。」魯道夫五世只是淡淡地說：「居然讓勇者大人遭遇這種事，要是傳出去，坎爾德將會成為各國的笑話。」

儘管魯道夫五世沒有發怒，但聽在大臣的耳裡卻是讓人不寒而慄。

「是！」大臣大聲回應，逃跑似地迅速退出房間。

「那麼……」魯道夫五世轉向另外一邊，「環尾大人、亞赫士大人，謝謝兩位願意前來。今天請你們過來，主要是想私下討論關於勇者大人的事情。」

「我想也是。」環尾雙手抱胸。

「我們會負責緝捕那名獸人女殺手。」魯道夫五世繼續說：「本王認為，為避免再度發生這種意外，以後最好在安全的環境替勇者大人介紹對象，不知道兩位想法如何呢？」

環尾和亞赫士點點頭。自從珍娜事件後，勇者相親一事的主導權便倒向魯道夫五世這一邊。

「本王有個想法，那就是舉辦一場王家舞會。」

「王家舞會？」環尾和亞赫士兩人互看對方一眼，身為異種族的他們，從沒聽過這種活動。

「這是我國的傳統。」魯道夫五世解釋：「每年新年時候，為了趕走壞運，迎接新的好運，坎爾德會舉辦一場盛大的舞會。王家舞會的範圍不只侷限於王宮，而是整個王城，舞會期間城內會舉辦各種慶祝活動。更特別的是，參加舞會的人不能露出真面目，要把臉遮起來。」

「喔？這有什麼緣故嗎？」環尾和亞赫士這麼問。

「據說是要躲避壞運，不被壞運發現長相才會有此習俗。」魯道夫五世進一步說明：「所以所有人都必須戴上面具，有些人還不只遮起臉，而是全身變裝成其他各式各樣的人物。」

「原來是這樣。」

「喔？聽起來挺有趣的樣子。」

亞赫士和環尾露出感興趣的態度。

「上次舉辦王家舞會，已經是先王時期的事了。」魯道夫五世嘆了口氣，「之後因為魔王來襲的關係，好長一段時間都沒有舉行。如今魔王終於被打倒，本王想補辦王家舞會，同時藉這個機會邀請他國或異種族的女性來與勇者大人認識，兩位意下如何？」

「……我覺得可以。」

「聽起來不錯。」

環尾和亞赫士樂見其成，沒有表示反對。

「那真是好極了。」魯道夫五世露出滿意的神情，「舞會由我們負責安排，就請兩位去和勇者大人溝通了。」

「沒問題。」環尾爽快地答應。魯道夫五世見狀，心裡也不由得暗自竊喜。然而就在這時，亞赫士卻突然插話：「等一下。」

魯道夫五世臉上的笑容頓時僵住，但他還是很快地掩飾過去，「亞赫士大人，有什麼問題嗎？」

「全都交給你們也不太過意不去，況且假如要邀請他國或異種族來賓的話，我們可以幫點忙。」亞赫士說。

取得兩人的同意，讓魯道夫五世鬆了一口氣，露出滿面笑容，「那就勞煩兩位了，關於舞會的時間和邀請名單，會再告知你們。」

環尾和亞赫士點點頭離開了密室，現場只剩下國王和大臣們。

「陛下。」這時一名大臣一臉不解地開口：「剛才說要邀請其他國家的女性，但假如勇者大人和他國王族或貴族結婚，豈不是把這個大好機會拱手讓人了嗎？」

「當然，確實有這種風險。不過換個角度來看，這可是個大好機會。」魯道夫五世點點頭，「要邀請誰是由我們決定，特別在發生獸人女殺手的事件後，就有藉口可以對來賓進行篩選。挑選的標準就不用多說了吧？」

大臣們聞言露出恍然大悟的表情。

「我們要趁這個機會，和其他國家的貴族進行交易。」魯道夫五世盤算，「把消息放出去，當然也要列出一份就算勇者大人娶了他國女子，還是對我們有利的條約。」

「是！」大臣們興奮地大聲回應，開始各自忙碌起來。

「……就是這樣，溫特。」環尾和亞赫士回到住處，談起剛才和魯道夫五世會面的事情。

「你覺得呢？」環尾這麼問。

溫特坐在椅子上默默聽著兩人敘述，他手上把玩著一把流星錘，臉上看不出任何表情，彷彿在討論的事情與自己無關似的。

「……你們覺得呢？」聽完兩人的說明後，溫特反問。

兩人互看一眼，最後亞赫士開口：「……老實說，我認為你該接受。」

「是嗎？」溫特抬起一邊眉頭。

「我知道珍娜小姐是你的初戀，很難忘記。」亞赫士又說：「但她其實不愛你，之所以接近你，只是因為勇者是暗殺任務目標而已。雖然我不認為她會真的狠心下手，但現在就算找到她也無計可施。」

「……是嗎？」溫特垂下眼簾，似乎還有些猶豫不決。

「我也贊同亞赫士。」這時環尾也開口了。他走向前，用力拍了拍溫特的背，「說真的，外頭的女人那麼多，何必單戀一個不愛你的呢？還有很多機會，不用擔心。」

「唔……」溫特被環尾大力拍打得頓了一下，接著才說：「也許你是對的。可能是因為公主和別人私奔，之後又接連發生這種事，才讓我有些懷疑起自己了吧……」

「對吧、對吧。」環尾又連續拍了好幾下，「其實也不用想那麼多啦！在愛情裡沒有人是常勝軍，就算你是勇者，被甩個一兩次其實也不是什麼奇怪的事。」

「環尾說得沒錯。」亞赫士也附和：「而且我認為這王家舞會是很不錯的場合，比起單獨約會或聯誼能認識更多人，還會戴上面具遮住臉，這樣一來可以避免被發現真實身分，更有機會找到對你是真心的對象。」

「是啊，就好好玩一玩，把先前那個女人忘掉吧。」環尾幫腔。

「嗯……」儘管兩人如此努力勸說，溫特還是面露出猶豫，始終沒有點頭答應。見到溫特這樣消極的反應，環尾和亞赫士立刻交換了一個眼神。

「溫特還在猶豫啊。」環尾用眼神向亞赫士這麼示意，「怎麼辦？話說回來，這麼不果斷還真不像他啊。」

「這也難怪。」亞赫士也用眼神回應，「初戀總是最讓人難忘，再說溫特雖然戰鬥實力很強，但在與女性相處上卻還是新手，才會這樣裹足不前吧。」

「那該怎麼辦？」

「……現在也只能先給溫特一點時間了。」亞赫士思索了一下，也只能無奈地這麼表示，「時間是治療心傷最好的藥。」

「……你真的很愛說這種垃圾話耶。」環尾瞥了亞赫士一眼，犀利地吐槽。

「要你管啊。」

「確實也只能這樣了。」環尾還是贊同了亞赫士，又對溫特說：「你想一想吧，不想參加也沒關係，我們幫你找個理由推掉就好。你只要記得——不管你最後的決定是什麼，我和亞赫士都一定挺到底。」

「環尾，你……」溫特驚訝地看向環尾，沒想到會從對方口中聽到這樣的話。

「帥氣的話都被你講完了，我還能說什麼。」亞赫士見狀「嘖」了一聲，但又補充道：「珍娜小姐的事我和環尾也都有責任，不用顧忌那麼多，想怎麼做就放手去做吧。」

溫特深受感動，雖然很想贊同兩人的意見，事實上也差點真的就脫口而出，但無奈一想到珍娜的臉，就是沒法爽快說出「放棄」兩個字來。最後只能擠出幾句猶豫不決的話語。

「謝謝你們兩個。」溫特低下頭，似乎有些不好意思，「給我一點時間，我一定會在舞會那天之前做好決定。」

聽到溫特這麼承諾，環尾和亞赫士只是露出寬慰的笑容。

溫特在城內漫步。他沒有目的地，也沒有任何人陪伴。只是獨自一人穿梭在大街小巷，聽聽人群的話語，感受周遭氣氛而已。這是每次心煩意亂時，整理思

緒的方法。

出門前他請亞赫士施加了隱蔽魔法，因此沒有人認出溫特，堂堂勇者就這樣不留痕跡地混入人群之中。

由於魯道夫五世宣布要舉行王家舞會，使得坎爾德的人民情緒十分高漲，就像是在過節一樣，就連《坎周刊》也用了好幾期篇幅在報導此事。

「這是魔王被打倒後第一次的舞會吧？」

「是啊，真的好久沒有舉辦了，聽說除了精靈小姐琴和伯爵千金黛安娜之外，所有國家的公主和貴族都會來呢。」

溫特和兩名少女擦身而過，聽到她們興高采烈地談笑。這已經不知道是今天第幾次聽到人們在討論舞會的事情了。

他走到一家高級餐廳前，這是和珍娜第一次碰面的地方。餐廳門上貼了張公告，寫著主廚收到王宮邀請為王家舞會供應餐點，因此要暫停營業一段時間。

「這家餐廳也因為舞會休息啦。我老爸也是，他說他們餐廳也收到邀請，為了準備還推掉其他工作。」

「真好啊～能收到這樣的邀請，應該算得上是頂級榮譽吧。」

一旁又有兩個路人討論著。

溫特緩步離開，沿著大道來到廣場。這裡是他和環尾、亞赫士第一次聯誼時碰面的地方，也是與珍娜去魔王城約會的集合地點。

廣場上依舊人來人往相當熱鬧，只不過為了準備王家舞會，廣場上有好幾個地方正在施工。工人們扛著建材吆喝著，十分忙碌地來回走動。

更特別的是除了工人之外，工地旁還有一群演員正在排練戲劇。演員有男有女，男的長相英俊帥氣，女的則是美麗動人。他們都穿著華麗的戲服，和一旁正在施工的工人形成強烈對比。

「動作再大一點，要表現出王者的氣度。」

「這邊還需要釘子！」

「再喊大聲一點！那麼小聲給誰聽啊？」

「對，沒錯，再靠左邊一點。」

工人和演員的聲音夾雜在一起，吸引了群眾的目光，往來行人紛紛駐足，看著這幅景象。溫特也跟著人群，觀看工人們施工和演員們排練。

「他們在幹什麼？」他向一個路人這麼搭話。

那個路人頭也不回地說：「他們在忙著王家舞會當天的戲劇表演啦。好像是因為時間安排出了差錯，只好搭建舞臺和排練同時進行的樣子。」

「喔？」聽到路人這麼說明，溫特探頭看了看又問：「是要演什麼劇目啊？」

「當然是勇者討伐魔王的故事囉。」路人有些不耐煩起來，「畢竟這次王家舞會是因為勇者大人成功討伐了魔王，才能舉辦啊。」

「據說這次的舞台劇十分豪華。」另一名路人也開口參與對話，「不只特別搭建布置舞臺，還有很多舞臺特效，劇本也是找最近很紅的知名作家編寫。卡司就更不用說了，你看臺上那個飾演國王的，可是從鄰國請來的大牌演員呢。」

「下跪王這次還真狠下心花了不少錢啊，還找到那麼帥的演員來演他。」

「是啊，不知道故事裡那個演員會不會下跪，真令人期待。」

兩個路人自顧自地開始閒聊起來，溫特聽到兩人的談話內容，也忍不住嘴角微微上揚。

「還記得上次王家舞會時候，我還只是個小孩子呢。」

「是啊，這都要感謝勇者大人。」

他們聊一聊，突然話鋒一轉，把話題轉到溫特身上。

「說到了勇者大人……你看過先前《坎周刊》的採訪了嗎？」

「啊啊，看了看了，沒想到勇者大人居然還是單身，真令人意外，和先前公主失蹤有關係嗎？」

溫特心裡驚訝了一下，他到現在都還沒讀過那篇專訪，不知道女記者在報導中如何描述他。不過兩人顯然沒有發覺到話題主角就在旁邊，繼續高談闊論。

「不過說來真是奇怪，勇者大人看起來很帥，感覺也是個好人，為什麼偏偏沒有女人緣呢？」

「是啊，是不是眼光太高啦？」

路人這麼直白的對話，讓溫特聞言只能苦笑。

「不過沒有勇者大人，這次王家舞會肯定就辦不成了。希望他能在這次王家舞會中出現啊，他可是主角呢。」

「對啊，不管怎麼說，還是希望勇者大人能夠幸福。」

兩個路人最後這麼下結論，溫特也若有所思。突然他看到前方的演員群當中出現熟悉的身影，不由得訝異地走上前去。

「不好意思……借過一下……」溫特敏捷地鑽過人群之間的縫隙，總算來到了工地前，「環尾、亞赫士，你們怎麼在這？」

「嗯？原來是溫特啊。」環尾轉過頭，看見來人是溫特便說：「我和亞赫士是來幫忙的。」

「你什麼時候來的？」亞赫士也說：「我來幫忙準備一些表演時要使用的舞臺魔法，環尾則是來指導武術動作。」

「是啊，這些演員雖說演技不錯。」環尾指向飾演溫特的演員，「但身手實在是太遲鈍，動作都不到位，看來得要好好地操一下了。」

環尾的這番話讓周遭演員不禁臉色發白，幸好亞赫士連忙緩頰，「別在這種事花那麼多時間，又不是訓練士兵，動作只要好看就好了，別忘了我們等會還要去好幾個地方幫忙呢。」

「你們還要去哪啊？」溫特好奇地問。

「挺多的。」環尾伸出了手，開始一一細數起來，「王宮就不用說了，禁衛軍那邊也請我們幫忙……還有《坎周刊》那個記者也想來採訪，另外就是殺手公會……」

每說到一個地方，環尾就豎起一根指頭，最後十根手指都豎起也還沒數完。

「別忘了還要跑一趟魔王城，那邊要休園一段時間，員工也會過來參加舞會。」亞赫士又補上一句。

「你們還真努力啊。」聽到兩人這麼緊湊的行程，溫特不禁感嘆。

「還好啦，畢竟是難得的舞會嘛。」環尾聳聳肩，一臉無所謂的樣子。

「……對了，你為什麼跑來這裡？」亞赫士突然轉移話題，反問溫特。

亞赫士總是心思細膩，他擔心溫特會不會看到準備舞會的盛況後感到有壓力，覺得非得參加不可，而溫特的下一句話似乎證實他的憂慮。

「我想要跟你們說一件事。」溫特彷彿終於下定決心，「我決定參加舞會了。」

儘管只是決定參加舞會，但背後蘊含的意思很是明確。

「喔？好極了，你決定要放下了嗎？我想國王知道後也一定會高……噢。」環尾驚喜的話還沒說完，就突然慘叫一聲。

「其實你可以慢慢考慮再決定啊。」亞赫士面不改色地收回剛才偷偷攻擊環尾小腿的土系魔法，「反正距離舞會還有時間，不妨想想之後再決定。」

「不，我決定了。」溫特的語氣簡潔有力，「你們都在努力，我也是時候往前看，繼續前進了。」

「說得好！」環尾爽快地讚賞。而亞赫士也點點頭，「知道了，既然如此那我也會支持你。」

「那麼……」溫特捲起袖子，拿起工具，「我也來幫忙吧，總不能都只光靠你們兩個吧。」

聽到溫特這麼說，環尾和亞赫士互看一眼，之後一起露出笑容。

「來吧。」

「那就交給你啦。」

幾聲巨響打破夜晚的寧靜，坎爾德王城上方出現數朵耀眼的火花，與天上一輪明月一同照亮下方的城市。

城市裡所有的房子都燈火通明，商店也都將大門敞開，歡迎著隨時可能進門光顧的客人。到處都是穿著華麗服裝的人，他們帶著面具抬頭欣賞天空的光芒，紛紛發出讚嘆。

「好美啊。」

「哇啊～」

「總算開始了！」

煙火是王家舞會開始的訊號，人們興奮地喧嘩起來，一瞬間大街小巷都是人們歡騰的笑語聲。而這些歡欣鼓舞的聲音，也傳到了王宮溫特三人的休息用房間裡。

「時間到了啊，今晚的月亮還真漂亮。」亞赫士身穿一襲白色披風和綠色禮服，戴著正統派的舞會面具，讓他看起來既優雅又帥氣，「你們準備好了嗎？」

「早就準備好了。怎麼樣？如何？」環尾戴上頭盔。他穿著一身漆黑的鎧甲，上頭裝飾有漂亮的銀色花紋，頭盔上還插著一根長長的紅色羽毛，看起來在冷酷中又帶有幾分帥氣。

「……頭盔不算面具吧。」面對環尾高漲的情緒，亞赫士只是冷冷地評價，「何況你打扮成這個樣子，和平常出發去冒險時有什麼不同嗎？」

「反正都能遮住臉嘛，沒差啦。」儘管被潑冷水，環尾卻不以為意，「你才實在太天真了，就是因為大家都穿禮服，所以要反其道而行啊，這才是流行。」

「……隨便你吧。」亞赫士捏了捏鼻樑，似乎頭很痛的樣子，又轉向一旁的房間問：「溫特，你準備好了嗎？」

「你們覺得是這個面具好，還是另一個比較好？」溫特從房門口探出頭來，兩手各拿著一副面具。

「我覺得……左邊那個。」

「左邊。」

「這樣啊……」

「我居然……思考過後的答案和你是一樣的……」

亞赫士想了一想，和環尾異口同聲給出相同的答案。亞赫士很是挫折地五體投地，環尾則是拍了拍他的肩。

「你也算是很努力了。」環尾說：「畢竟要達到我這種時尚教主的功力本來就不容易，要思考一下才能回答也是正常的。」

「我不是因為這個而感到悔恨！」亞赫士先是否認，之後又說：「不過溫特真的變了，以前他對於打扮應該是毫不在乎，現在開始會思考要怎麼搭配了。」

「是啊，這代表著他已經走出來了吧。」環尾也附和：「這是一件好事。」

亞赫士點頭，但在說話之前，溫特就從房間走了出來。

溫特穿著黑色西裝搭配紅色領帶，腰間繫有一條白色腰帶，臉上並非剛才兩人推薦的面具，而是一個黑色口罩。口罩遮住他的嘴和下半張臉，搭配那堅毅的眼神，讓他看起來既高貴又有些神祕。

「怎麼樣？聲音聽得清楚嗎？」溫特這麼問。

「……啊啊，很清楚。」

「……沒問題。」

環尾和亞赫士先是愣了一會，之後才連忙回答。

「是嗎，那你們覺得這樣的裝扮怎麼樣？」溫特又問兩人：「雖然剛才你們推薦了面具，但我後來覺得這樣看起來似乎更好……」

「沒錯，這樣挺棒的。」溫特的話還沒說完，環尾就興沖沖地稱讚，「很適合你，哎呀，剛剛確實有一瞬間不小心看呆了。實在是太帥了，這樣大膽的穿著頗有我這個流行教主的幾分神韻啊。」

「別胡說，你那種明明和溫特完全不一樣。」亞赫士先是吐槽環尾，之後才鼓勵溫特，「這樣的打扮確實很適合你，特別是那個口罩，沒想到戴口罩也能那麼帥氣，這樣一定會在舞會大受歡迎的。」

「謝啦。」儘管戴著口罩看不出來，兩人還是能感受到溫特正在微笑著。溫特整了一整衣領，「那我們就出發吧。」。

這句話就像是某種信號一樣，其他兩人立刻跟在溫特背後，三人便雄赳赳氣昂昂地走出房門。

他們走在王宮迴廊上，在這裡就可以聽到外頭悠揚樂聲和人們的歡笑聲，這些聲音形成陣陣回音，更是添加了不少熱鬧的氣氛。走廊上有不少戴著面具，穿著華麗服飾的男女正在閒聊，三人一出場立刻就引住了全場目光。

「他們是誰啊？」

「不知道，不過看那氣勢……難道是從國外來的大貴族嗎？」

「打扮得好帥氣啊，要不要去搭個話看看？」

當他們路過時，能清楚聽到人們驚嘆的聲音。

「這可真是熱鬧啊。」環尾環顧周圍，用眼神對溫特示意，「你看，所有人都在注意你呢。」

「……是我的裝扮哪裡有破綻嗎？」溫特不明白環尾的意思，有些緊張地回應。

「不是。」亞赫士搖搖頭，「他們是因為你的打扮產生興趣，不是認出了勇者。」

「……是嗎？」溫特先愣了一下，之後直接否認，「也有可能是因為你們，你們的穿著也都很好看。」

「不，是你的打扮。」

「他們的焦點是在你身上。」

環尾和亞赫士異口同聲這麼對溫特說：「你等會就知道了。」

聽到兩人這麼說，溫特仍舊半信半疑，不過就在這時傳來一道聲音。

「喂～那邊的帥哥～」

三人轉向聲音來處，發現是個有著一頭鬈髮，身穿低胸晚禮服的精靈女性。

她戴著一副華麗的面具，身材姣好，看起來十分性感。

「要不要來陪我一下啊～」那名晚禮服女性拿起酒杯慵懶地搖晃。

「嗯？」溫特看向環尾和亞赫士，不太確定對方在叫誰。

見到溫特這樣的反應，晚禮服女性忍不住輕笑起來，「呵呵～是在叫你啦，戴口罩的那個帥哥～真是可愛呢～」

「你看，我就說吧，快把握機會。」環尾對溫特這麼說，從一旁路過僕人的托盤拿起酒分給兩人。

「那、那個！」然而就在這時，背後又傳來這麼一道聲音。三人回頭一看，發現原來是個身材嬌小，穿著長裙，看起來十分年輕的金髮獸人少女。

「不、不好意思。」金髮少女似乎有些緊張，說話也結結巴巴，「我、我的朋友想要和你們聊聊，可以過來一下嗎？」

金髮少女身後不遠處，還有另外兩個年紀和她差不多大的獸人少女正看向三人。儘管被面具遮住看不到臉，但一發現溫特三人正看著她們，便立刻痴痴笑了起來揮手示意。

「喂，等一下，小姑娘。」見到竟有人突如其來從中作梗，晚禮服女性立刻一改剛才那慵懶的語氣，不客氣地說：「其他兩個無所謂，但戴口罩的帥哥是我先

看上的。」

「啥？」金髮少女聞言也瞬間沒了剛才的羞澀，凶巴巴地反擊，「老巫婆妳別鬧了，他才是重點好嗎？而且妳這麼老還穿成這樣，丟不丟臉啊？滾去一旁自己喝悶酒吧。」

「咦？」

「誒？」

見到兩個女人翻臉如翻書的表現，讓環尾和亞赫士瞬間愣住了，然而女人的戰爭仍然持續著。

「臭小鬼！妳說誰是老巫婆啊？有種的話再說一次看看！」

「要說幾次都可以，老巫婆！想打的話就來呀！我們這邊可是有三個人喔。」

「就是嘛。」

「有意見嗎？」

金髮少女的兩個同伴也加入戰局，兩邊就這麼公然叫囂起來。

「怎麼了怎麼了？」

「好像有人在吵架。」

「似乎是在搶男人的樣子……哇啊，那個戴口罩帥哥真是我的菜啊。」

周圍的人們聽到爭吵聲，開始紛紛議論。

「喂，等等……」

「別吵架啊……」

環尾和亞赫士見狀連忙介入其中，想要在戰爭全面爆發前平息事態，但是……

「別插嘴！這和你們沒關係！」四個當事人異口同聲怒斥。

「是！」

「沒問題！」

被八雙憤怒的眼睛這樣瞪著，環尾和亞赫士兩人立刻站得直挺挺地，並大聲地這麼回答。

「以為人多了不起是不是？臭小鬼，老娘告訴妳，垃圾聚在一起也只不過是垃圾堆罷了，妳們就一起上老娘好一口氣清理乾淨！」

「唉呦，老巫婆老眼昏花，已經看不出來誰比較強啦。」

「是啊是啊！」

「沒用的老巫婆就快閃啦！」

怒斥過環尾和亞赫士之後，雙方又繼續叫囂，火藥味也越來越濃。

「這、這下可麻煩了……」亞赫士看到這個情形，不由得流出冷汗。環尾也拚命用眼神向亞赫士求援，「喂，你不是賢者兼變態嗎？快想點辦法啊。」

「賢者的才智不是這樣用的。」

「太沒用了吧！」

「你不也是一樣！可惡，難不成只好用那一招了嗎？我本來不想使出的……」

然而就在這時，一道悶悶的聲音說話了。

「我想說句話，可以嗎？」那人不是別人，正是戴著口罩的溫特。當他出聲後，在場所有人都停下手邊的動作，看向這位不知名的帥氣男子。

「我認為四位都是十分出色的女性。」溫特巧妙地回答：「可是我和我的同伴馬上就得去面見國王陛下，所以對這麼熱情的邀約雖然感到可惜，但只能說聲抱歉了。」

「唔……既然要去見國王陛下，那就沒辦法了……」

「是啊，雖然可惜，但也只能這樣了……」

「不好意思耽誤你們了。」

她們聽到溫特的回答，也只能知難而退。

而溫特則是眼神充滿笑意地看著她們，「能被邀請是我的榮幸，我保證等一見完國王就會回來找妳們。」

「好的……」

「唔……」

「一定喔！」

「我會等你！」

被溫特用那樣溫柔的眼神看著，四個人都不禁紅著臉積極地回應。溫特點點頭，並和環尾、亞赫士一同快步離開。

等到遠離那群人之後，環尾終於忍不住開口，滿臉問號地問：「我們有要去見國王陛下嗎？怎麼不記得有這件事……」

「沒有。」溫特搖搖頭，「只不過這樣子說，她們比較聽得進去而已。」

「這樣啊，不過確實是傑出的一手。」亞赫士也深感欽佩，「老實說我剛才已經快要放棄了，打算指著某個人大喊『啊！是勇者大人！』，然後再趁亂逃跑。」

「你這招也太爛了吧。」聽到亞赫士的壓箱絕招，環尾忍不住吐槽，「還不如說『有魔王軍的自動戰爭兵器闖進來了』，搞不好還比較能騙到人。」

「那才是沒人會信吧！」亞赫士反嗆回去。

「呵呵。」聽著兩人的吐槽，溫特忍不住輕笑了一下，開始侃侃而談起來：「其實說服人沒有那麼困難，只不過要先揣測對方心中的想法，再用適合的方式表達。另外最好還要用一些難以拒絕的理由，例如工作或公事之類的。最後一定要記得給予一些希望，這樣對方才會開心，也更能在無意識中接受建議……怎麼了？為什麼用那種眼神看我？」

「學……」環尾先是深吸一口氣，才把心中的話全部一口氣爆發出來，「學壞了！我家的勇者學壞了啊！溫特你什麼時候變成這樣會傷女孩子心的壞男孩啦！」

「雖然很想說環尾太誇張，不過……」亞赫士也小心翼翼地問：「你這些招數是從哪裡學來的？」

「喔，是從雜誌上看來的。」溫特拿出先前女記者送的《坎周刊》，「這一篇〈受女生歡迎的十個說話招數〉，就有提到剛才那幾點。除了這本之外，我還做了不少功課。你知道假如女生讓你摸頭髮，就是有好感……」

「可以給我那本雜誌嗎？」亞赫士二話不說打斷溫特的話。

「好啊。」溫特不以為意，將《坎周刊》遞給亞赫士。

而亞赫士就像是在消毒一樣，立刻使用魔法將那本《坎周刊》燒毀。

「……咦？」

「溫特，你聽好。」亞赫士雙手放在溫特肩膀上，語重心長地說：「我知道自己平常很嘮叨，給的建議也不一定準確，但只有這點你一定要記得，那就是千萬不要去信那些教你如何攻略女孩子的文章。」

「啊？」溫特露出困惑的神情。

環尾這時也在一旁點頭附和：「是啊，溫特，那種文章給的都不是什麼正經的建議，就算用那些招式把人追到手，對方也一定不是什麼正經的女人。誠實是你唯一的優點，不要放棄了。」

「原來如此。」雖然只是兩人的偏見，但溫特歪頭想了一下後，還是乖乖回答：「我知道了。」

「太好了，我家的勇者還是好孩子啊。」

「還不都是你去上什麼雜誌專訪，這樣子會對勇者的未來有不好的影響。」

「我哪知道啊，而且說到教養勇者，你也有責任吧。」

環尾和亞赫士鬆了一口氣，又互相拌起嘴來。

「話說回來，環尾你剛才是不是說我的優點只有誠實而已啊……」溫特先是有些茫然，但很快地又說：「不過算了。謝啦，還好有你們提醒，要不然我可能

就會迷失自己了。」

「呵，不用客氣啦。」環尾拍了拍溫特的肩，「我們都什麼交情了……比起那個，你之後想要去哪邊逛逛啊？」

「這個嘛……」溫特想了想，「還是先從多認識些女孩子開始吧。」

「這樣的話。」亞赫士給出意見，「我建議去王宮的宴會廳，那邊可以和女孩子跳舞，有很多認識人的好機會。另外王宮外頭，我們先前幫劇團排練的廣場也是個不錯的選擇……」

「那個……」

「不好意思……」

然而亞赫士的話還沒說完，就又有兩道聲音突然向他們搭話。

三人轉頭一看，發現又是兩個少女。一人有著頭紅髮，身材嬌小；另一人則是身材高挑，看起來似乎是冒險者的樣子。

「不好意思，請問三位現在有空嗎？」其中一人開口這麼問。

「啊啊，又是來找你的吧。」亞赫士看著溫特。而環尾則是把溫特推到最前頭，「是來找他的吧，來，妳們好好聊聊吧。」

然而，兩個少女卻不約而同地搖搖頭。

「那個，我是想要和您聊聊，能單獨的話最好。」

「不好意思，不過我對您比較有興趣呢，可以去其他地方嗎？」

紅髮少女指著亞赫士，而冒險者少女則是看向環尾。

「呵，原來如此，我已經知道了。」

「……是啊，看來事實已經很明顯了。」

環尾和亞赫士兩人互看一眼，之後才一起對溫特說：「果然還是會有明眼人注意到我們的魅力啊。」

溫特還來不及開口，環尾就搶先說：「抱歉啊，不過既然小姐都親自過來搭話了，也不好意思說不，就只能先丟下你了。」

「是啊。」亞赫士也撥了一下頭髮，「畢竟情人眼裡容不下一粒沙，我們先離開囉，不好意思啊。」

溫特聳聳肩，「你們去玩你們的吧，我自己一人沒事的。」

兩人伸出拳頭，輕碰一下溫特的肩膀，就分別和兩個少女先離開了。

「對了，可以問一下小姐的芳名嗎？」

「我叫維麗卡。」

「嗯？怎麼覺得這個名字好像很耳熟……」

「呵呵，我們先前在王宮見過，那時候亞赫士大人還和我說過項圈的事喔。」

「項圈？等等，妳怎麼知道我的名字？」

亞赫士和紅髮少女向右轉，這樣邊走邊聊著。

「妳的名字是什麼？」

「我叫烏娜，是一名冒險者。」

「……烏娜？總覺得好像在哪裡聽過……」

「我們見過一次面啊，那時候環尾大人還向我展現自己的肌肉呢。」

「肌肉啊……嗯？妳知道我是誰啊？」

而環尾和冒險者少女則是往左轉，很快就消失在溫特眼前。

「那我就去到處逛逛吧，首先……亞赫士說去舞廳有最多機會是吧？」目送兩人離開後，溫特一邊這麼想，一邊快步往舞廳方向移動。

也因此他並沒聽到多久之後，迴廊深處傳來環尾和亞赫士兩人的慘叫聲。

溫特來到舞廳，這裡正在舉辦盛大的舞會。

現場所有人皆穿著華麗的禮服，進入王宮不能攜帶武器，因此男性各個佩戴裝飾用的長劍，女性則是從頭到腳穿戴各式珠寶首飾。

任何人都看得出來，出現在這裡的都是一些有頭有臉的大人物。他們正在應酬聊天，時不時還會發出笑聲。當溫特進來時，不少人注意到了他。

「那人是誰？」

「不知道，不過打扮得挺好看的。」

「可是服裝看起來似乎很平價的樣子，應該不是貴族吧。」

眾人這樣議論紛紛，對著溫特品頭論足起來。

不過溫特沒有生氣，這一切對他來說十分新鮮。自從當上勇者之後就過著沒有隱私的生活，即便在深山野嶺冒險途中，還是會被認出，因此他此刻十分享受這種匿名的感覺。

「不好意思，可以和我共進一支舞嗎？」或許是沒有人認出勇者來，溫特做出大膽的舉動，他走向一群女孩這麼問。

「嘻嘻，你是在邀請我嗎？」

「喔？還真是大膽呢。」

「嗯～我才剛跳完一支，現在腳還有點痠呢～」

沒認出眼前的人就是勇者，女孩們嘻笑並互相推托著。

而溫特這樣的舉止也讓他成為全場焦點，所有人都很感興趣地看著這個穿著一點也不華貴的年輕人下一步會怎麼做。

「這個嘛……」這還是溫特第一次獨自面對這種情況。由於環尾和亞赫士已經禁止他使用從書中學來的那些知識，他一邊嘴巴上含糊地這麼說，內心一邊快速思考著該怎麼做。

不過就在這時，舞廳外頭突然傳來了一陣騷動。眾人突然轉移了視線，紛紛看向大門口。

「喔喔！您是……」

「咦？怎麼可能？」

「沒想到居然會在這裡見到她！」

「發生什麼事了？」

溫特也好奇地看往傳來騷動的方向，但那邊站了一道道圍觀的人牆，完全遮蔽他的視線。

然後如同變魔術一般，人牆突然分成兩邊讓出了一條路，一位美少女緩緩地走了進來。

美少女年約二十，身材高挑姿態端正，有著一頭柔順亮麗的銀色秀髮，和一張白皙潔淨的瓜子臉。一雙湛藍的眼睛直視前方，眼神中充滿著自信，櫻唇輕抿著，堅毅的嘴角微微上揚，一看就知道是受過良好教養的大小姐。

她穿著一襲典雅紅色晚禮服，襯托出姣好的身材。而在所有人都戴著面具的這個場合，她卻反其道而行以真面目示人，完全沒配戴任何東西，彷彿是不願自己的美貌被遮掩。

她也確實有這個本錢。儘管沒有配戴任何珠寶首飾，但充滿自信的氣場和神祕的氣質，讓這位美少女比在場任何人都還要光彩奪目。

她在眾目睽睽之下逕直走向溫特，剛才原本在刁難溫特的那群女孩不知何時退了開來，只留溫特一人愣愣地站在原地。

「您好。」神祕美少女開口，她的聲音宛如鳥鳴般悅耳，但語氣充滿自信，「還喜歡今晚的舞會嗎？」

在場眾人見到神祕美少女主動向溫特搭話，都朝他投以羨慕混合著嫉妒的目光，然而溫特的回答卻讓他們大吃一驚，他一臉迷惑地說：「不知道。我才剛來，還沒有機會跳舞呢。」

「天啊……是個鄉巴佬啊。」

「被那麼漂亮的美少女搭話，居然這樣回答？雖然說敢開口已經很了不起就是了……」

「不不不，這是有勇無謀啊，那傢伙根本不知道自己現在的處境吧。」

眾人開始嘲弄起溫特，要不就是投以同情的目光。

「呵呵。」神祕美少女輕笑，止住了周圍人們的嘲弄，「您的回答還真是直接，在這個場合甚至可以說是有些粗魯呢。」

然而正當所有人臉上露出鄙夷的笑容時，神祕美少女的下一句話卻讓他們的表情全僵在臉上。

「不過，我並不討厭呢。」神祕美少女露出一抹俏皮的微笑，像是對周遭詫異的反應十分滿意，並向溫特提出邀請，「要不要和我一起跳支舞呢？」

「什麼?!」神祕美少女的主動邀約，使得在場眾人都大吃一驚——除了溫特之外，他面不改色地問：「可以嗎？」

神祕美少女沒有答話，只是面帶笑容將戴著長手套的右手伸到溫特面前。溫特毫不猶豫地握住她的手，引領神秘美少女來到舞廳中央。在眾人不解又好奇的目光下，兩人先彼此行禮，接著就在悠揚的樂音中慢慢地共舞。

沒多久舞曲的節奏開始變快，於是兩人也隨之加快了動作。此刻樂團在演奏的是一首輕快的樂曲，這首曲子原本是坎爾德的鄉間民謠，描述一對相愛的男女互訴彼此的愛意，因此舞步也是相較激昂。

兩人的舞步儘管熱情奔放，卻還是不失優雅。儘管這是溫特第一次和對方跳舞，但兩人卻十分有默契，搭配得合作無間。

在一旁看熱鬧的人們，也漸漸從原本看好戲的戲謔心態轉變成了欣賞，所有人都被兩人的舞蹈給震懾，深深著迷於其中。當舞曲結束兩人做完結尾得動作時時，周遭眾人全不禁鼓掌歡呼了起來。

「太棒了！」

「實在是太美了！」

「真不愧是公主殿下！」

「妳……妳是公主？」剛才的舞蹈讓溫特氣喘吁吁臉頰發紅，他握著神祕美少女的手驚訝地問。

「呼……呼……是啊。」真實身分是公主的神祕美少女同樣也有些喘不過氣，但她臉上還是露出富有深意的笑容，像是惡作劇成功的模樣。

「妳的舞跳得非常好呢。」溫特毫不猶豫地讚美對方，「雖然從剛才走過來的姿勢就能看出來了。」

「呵呵，謝謝讚美。」公主笑著道謝，之後又附在溫特耳邊悄聲說：「能獲得勇者大人的讚美，是我的榮幸。」

「……妳認得出我？」溫特有些訝異，這是這個晚上他的變裝第一次被人識破。

「是的。」公主點點頭，「有一件事想要和勇者大人稟報，可以私下談談嗎？」

「好。」溫特點點頭。於是兩人便在向群眾行禮致意之後，一同走出了舞廳。

「女兒啊，真的沒問題喵？」

在王城的一條小巷，兩道人影躲在黑暗中，似乎正在密謀些什麼。

「雖說今天是王家舞會，王宮的戒備不會那麼森嚴，但要潛入進去還是件很危險的事情喵。」其中一人這麼說道。儘管聲音低沉，聽起來是個成年男人，但即使在黑暗中，也能發現他的身材並不高大，就像是小孩一般。

「把拔先前因為很多『事情』沒辦法出任務，但現在已經沒問題了喵……」

矮小男人見對方沒有回話又接著說，語氣似乎有些不情願。

「沒問題的喵。」另一個身影語氣堅定地回答，並緩緩地走向前。月光照亮了她的臉，正是珍娜。

「既然接下這份任務，就要把它完成，這不是把拔你教我的喵？」珍娜一臉嚴肅，看起來似乎做好某種覺悟。

「……我知道了喵。」矮小的男人見到珍娜這副模樣，嘆了口氣，「不過此刻王宮裡面人非常多，場面會很混亂喵……」

「我知道喵。」珍娜轉身離開，留下這麼一句話，「我會找到勇者，然後……這次會確實把他暗殺掉喵，不會讓王牌殺手『暗影』的名號被玷汙喵。」

暗影目送著珍娜離去的背影，隨後又嘆了一口氣，自言自語地說：「那個眼神……怎麼看都不像是暗殺者的眼神喵。最近每次一提到勇者，她都會露出落寞痛苦的表情，到底發生了什麼事？我看還是跟過去看看喵。」

於是暗影跟了上去，身影隨後消失在街道的暗處當中。

公主牽著溫特的手，在王宮裡快步地行進著。雖然王宮很大，但她卻絲毫沒有任何猶豫，就像是對這座王宮很熟悉一樣。在穿過無數個房間和無數條走廊之後，兩人終於在一扇門前停了下來。

「我們到了，勇者大人。」公主一把推開門，這麼邀請溫特，「請進吧。」

溫特走進房間，發現這是一間女生的閨房。房間面積很大，裝潢也十分豪華，光是正中間的寢床就相當驚人，那是一張有頂棚的豪華床鋪，四周圍著白色

簾幕，足夠讓十個人並排躺在上面。另外梳妝臺和衣櫃等等更是應有盡有。

「呃……」見到眼前的場景，就算是溫特也不禁愣了一下，猶豫地問：「這是女孩子的閨房吧？這樣隨便闖進來是不是不太好……」

「沒關係，這是我的房間。」公主關上房門，房裡只剩下他們這對孤男寡女。

「妳的房間？」溫特想了想，突然腦中靈光一閃，「能在王宮有這樣的房間，優雅的動作，再加上剛才人們對的稱呼，難不成妳是……」

神祕美少女轉過身，向溫特行了一個優雅的屈膝禮，「我是愛莉蒂亞，魯道夫五世之女，坎爾德的公主，同時也是您逃走的未婚妻。」

聽到這番自我介紹，溫特不禁陷入沉默，而愛莉蒂亞也微笑著不說話，一時間整個房間安靜無聲。

「我想，我應該要向妳道歉。」溫特率先打破了這陣沉默，「雖然以前在接受國王陛下討伐魔王的請求時，我們應該在王宮見過，但那時候我的心思全都放在如何擊敗魔王上頭，因此對妳幾乎沒有印象。」

「沒關係，我明白的。」愛莉蒂亞微笑著回應。

「那麼，我只想問一件事情。」溫特先深吸一口氣才開口，「逃婚之後，妳尋找到幸福了嗎？」

聽到溫特這麼問，愛莉蒂亞臉上的笑意更深了，「離開坎爾德之後，我遊歷了很多地方和國家。目睹許多不曾見過的事物，嘗到許多沒吃過的食物，也認識許多以前待在王宮時不可能認識的人。」

說到這邊，她直直地看向溫特，臉上露出了與剛才截然不同的表情。儘管依舊是微笑，但此刻笑容一點也不優雅，卻帶著滿足與自信相當燦爛，讓溫特感受到她的真心。

「是的。」愛莉蒂亞毫不猶豫地說：「我找到了幸福。」

「……那真是太好了。」溫特點點頭，他還記得當初自己結束訓練，踏上旅程的那一天，雖然有些不安害怕，但也十分令人激動。他誠心誠意地說出了這一句話：「恭喜妳。」

見到溫特的反應，愛莉蒂亞先是吃驚地微微瞪大眼睛，之後臉上浮現一抹神祕的微笑，「真不愧是勇者大人，氣度就是不一樣。這份寬容連我等王族……不，就連父王都比不上您吧。」

「是嗎？」溫特不解地歪一下頭，但很快地又問了另一個問題：「那麼，妳為什麼還要回來呢？」

愛莉蒂亞聞言迅速收起笑容，同時露出嚴肅的表情，「這正是我想要和您私下

商談的原因。我這次回來不為別的，正是為了勇者大人您。」

「我？」溫特露出困惑的表情指著自己。

「是的。」愛莉蒂亞點了點頭，「您知道父王為什麼要將我許配給打倒魔王的人嗎？」

「……不是因為這是傳統嗎？」溫特有些遲疑地說：「大部分勇者的故事都是這樣子演的。」

「那麼您知道在我離開之後，父王那麼積極安排相親，計畫您終生大事的真正原因嗎？」愛莉蒂亞又問。

「……國王陛下說他是為了賠罪才這樣做的。」說完後，溫特很快地又補上一句，「不過從妳的反應看來，似乎不是這麼一回事吧？」

「父王之所以要替您安排結婚對象，是想要藉此來操控您。」愛莉蒂亞毫不猶豫地揭開真相，「討伐了魔王的勇者自然實力非凡，倘若能掌握他，讓他為自己效力的話，坎爾德就能成為強國。父王的盤算是想利用您來壓倒其他國家。」

溫特聞言不由得又沈默了一會，最後才下定主意問道：「……我明白了。但是妳什麼要告訴我？假如這真是國王陛下的計謀，那妳讓我知道這些，不就等於是背叛了他嗎？」

「確實如此，老實說，這也是我離開坎爾德的原因之一。」愛莉蒂亞點點頭，將一切坦白以告，「倘若我一直留在王宮裡的話，恐怕也會受父王控制，就無法找機會告訴您這些事情了。」

「那麼是什麼促使妳就算放棄公主身分逃跑，也要把這些事情告訴我呢？」溫特追問：「我不是想逼問妳，只是有些好奇。要背叛自己的至親需要非常大的決心和勇氣，所以我想知道原因。」

看著溫特誠摯的眼神，一直充滿自信的愛莉蒂亞卻反而低下了頭，小聲地開始訴說起來：「從小我就被教導以後會嫁給勇者，並接受許多嚴格的培訓，為的是能成為配得上勇者大人的新娘。我放棄了許多東西，也沒有機會好好享受人生。」

溫特瞪大了眼睛，沒想到眼前的公主，居然會有這麼一段和他十分相似的過往。

「不過我不後悔。」她繼續說：「一開始我也覺得能嫁給拯救世界的勇者是件幸福的事情，但當得知這一切都只是政治手段時，終於受不了了。我無法接受從小崇拜愛慕的對象，變成王國的籌碼。」

「……崇拜？愛慕？所以妳……」

「所以我決定逃跑走，用此當作抵抗的手段。」愛莉蒂亞抬起頭看著溫特，眼中充滿愛意，「勇者大人，我喜歡你！但是我不願意讓自己對你的感情，變成父王對付你的武器，所以才會在逃走後又回來告訴你真相。和我一起離開坎爾德吧，勇者大人！」

「碰！」愛莉蒂亞剛揭開這驚人的事實，房間窗戶突然發出一聲巨大的撞擊聲響。

溫特立刻一個箭步衝上前打開窗戶，並探頭出去查看外頭。然而只見晴朗美麗的的夜景，沒有看到任何人或是魔法的蹤跡。他又往下看了看，但只看到平整的牆壁。他們所在的房間離地面有段距離，一般人沒有工具很難爬上來。

愛莉蒂亞也走到他的身旁看了看，並得出結論，「看來只是虛驚一場，可能是什麼東西掉下來了吧。」

「……或許是吧。」溫特雖然有些猶豫，還是同意她的結論並關上窗戶。

然而在溫特轉身的同時，一根尾巴從窗簷上頭垂了下來，那根尾巴的主人不是別人，正是珍娜。在潛入王宮後，她剛好撞見溫特和愛莉蒂亞在舞廳造成的騷動，隨後便跟蹤兩人來到這裡，並聽到了愛莉蒂亞剛才的所有告白。

「……原來是這樣喵。沒想到公主殿下居然那麼深愛著勇者，甚至不惜犧牲自己的名譽，就算背上逃婚的罵名也要保護勇者。和她相比我真的太卑鄙了，居然想利用勇者的感情來執行暗殺任務。」她這麼沮喪地想著，默默觀察房間裡的溫特和愛莉蒂亞，此刻兩人看起來十分登對。

「……果然啊，配得上勇者的還是公主喵。我還是快點離開，不要破壞他們的幸福吧……咦？」珍娜突然感覺臉頰溼溼的，伸手一摸才發現自己不知何時雙眼噙滿了淚水，她驚訝地看著沾著淚珠的雙手，「咦？我是怎麼了……為什麼會哭喵？難不成……」。

珍娜轉念一想，突然展開行動，從屋簷一躍而下。儘管是好幾層樓高的高度，但她不但沒有受傷，還輕巧地連一點聲音都沒有。一落到地上，她就狂奔了起來。

「不可以……不可以喵。」她對自己這麼說著，像是這麼做就會反悔，無法繼續奔跑下去，「不可以停下來喵，明明勇者和公主已經要過著幸福快樂的日子了……絕對不可以回頭去找勇者喵！」

「嗯？」溫特再次走到窗邊往外一看。

外頭的景色仍然和剛才一樣美麗，城堡外充滿正在享受舞會的興奮群眾。

「怎麼了嗎？」愛莉蒂亞問道。

「……沒事。」溫特快速掃視過人群一輪後才回答：「只是覺得剛才窗外好像有什麼動靜。」

「應該是參加舞會的群眾太興奮引發的騷動吧。」愛莉蒂亞也看向了窗外。

「……嗯，應該就是妳說的那樣。」溫特想了想，最後點點頭，同時將視線轉回愛莉蒂亞身上。

「好了，那麼……勇者大人。」愛莉蒂亞又繼續剛才的問題，「您是否願意相信我的說詞呢？」

溫特沉默了一會，之後緩緩開口：「國王陛下是位明君，這點從先前討伐魔王時，陛下曾多次協助我們就能得知。此外儘管常常被恥笑是下跪王，還是努力帶給人民歡笑和幸福的生活。」

「確實如勇者大人所說，父王是位民胞物與的君主。」愛莉蒂亞依舊面不改色，只是點點頭同意溫特的意見。

「身為明君當然關心國家是否強盛繁榮，因此想要利用我也是合情合理。」溫特伸出手，用大拇指指向自己，「我相信妳，公主殿下，謝謝妳告訴我這一切。」

愛莉蒂亞聞言露出一抹微笑，「那麼，您可以回答我另一個問題嗎？您願意答應我的邀請嗎？」

她向溫特伸出了手，「和我一起『私奔』吧，勇者大人。這個世界很大，有很多地方等著我們去探索，你也很想看看自己拯救的世界到底是什麼樣子吧。和我一起好嗎？」

聽到愛莉蒂亞的告白，溫特張大了眼睛。這是第一次有人和自己的想法一樣，愛莉蒂亞所說的每一字、每一句，都讓他產生共鳴。

他緩緩伸出手，想要回握住愛莉蒂亞的手。在那瞬間，他的腦海裡突然浮現珍娜的身影。

「唔……」溫特下意識猛然收回手。他想起與珍娜的過往，不管是第一次見面、咖啡廳聯誼和國王遊戲、一起去魔王城……這一切都是在坎爾德這裡的回憶。他真能輕易拋下這一切，離開這裡嗎？溫特這麼自問，手的動作也越發遲疑。

這一切都被愛莉蒂亞看在眼裡，她緩緩收回了手，「……這樣啊。看來勇者大人心中，已經有別人了呢。」

「我很抱……」溫特吞吞吐吐地說，但愛莉蒂亞卻打斷了他。

「勇者大人，我想問您最後一件事情。請問您現在尋找到您的幸福了嗎？」愛莉蒂亞拿溫特剛剛問她的話這麼反問。

溫特不禁開始思考對自己而言，所謂的幸福究竟是什麼。

「我……我想還沒。」在沉思好一會後，溫特才終於抬起頭回答靜靜在一旁等待的愛莉蒂亞。

「不過，我想我已經知道要怎麼去尋找了。」溫特接著語氣堅定地說：「謝謝妳，公主殿下。妳讓我了解到這些重要的事物，真不知道該怎麼感謝才好。」

「其實勇者大人本來就知道，只是沒有察覺到而已。」愛莉蒂亞微笑，「那麼去吧，勇者大人，去追尋您的幸福吧。」

「謝謝妳。」溫特朝愛莉蒂亞鞠躬，隨後便衝出房間。

看著溫特的背影，愛莉蒂亞的笑容漸漸消失，這麼喃喃自語：「真的是好遺憾……假如您心中的那個人是我的話，那該有多好……祝您幸福，勇者大……」

哽咽湧上喉頭，她終究無法說完這一句話。

「……感受到了。」溫特不顧他人投來驚異的目光，在迴廊上全速奔跑。

離開房間後他便開始偵測魔力。儘管王宮裡人很多，每個人身上都散發出各異的魔力氣味，他還是強迫自己費力一個個檢查，最後感受到一股淡淡卻又十分熟悉的熱牛奶甜味。

「在那邊嗎？」一感受到珍娜的魔力，溫特沒有半分遲疑，也沒有多想珍娜為何會出現在這裡，立刻鎖定那個氣味跟了過去。

他穿過一群群正在尋歡作樂的人群，經過一間間正開著熱鬧派對的房間，途中還巧遇不知為何看起來狼狽不堪的環尾和亞赫士。這些都沒有讓他停下，最後……

「找到了。珍娜！」在一條小巷中，溫特終於看到那對熟悉的貓耳，立刻揚聲衝了過去。

「喵？」珍娜回頭一看發現是溫特，耳朵立刻高高豎起，尾巴也膨了起來。她臉上露出複雜的表情，像是高興之中帶有一點悲傷，然後轉身就逃。

「不、不要過來喵！」她用全速衝刺逃竄，讓溫特差點就要追丟。

「為什麼？」

「什麼為什麼喵？」珍娜頭也不回，「你都已經有公主了，不要再來找我喵！」

「不是！妳誤會了，我和公主不是妳想像的那樣……」溫特連忙想要解釋。

「我知道喵！」珍娜跳到牆上，「我都聽到了喵……但是，請你不要讓公主傷心了！你還看不出來嗎？她還是很愛你。而且比起我，她更適合你喵！」

「我只想要妳。」溫特也高高地跳起，努力跟上珍娜的腳步，「不管適不適合，我只想要和妳在一起。」

「我是殺手喵！」珍娜突然急轉彎落地，鑽進另一條小巷，「你不是勇者嗎？怎麼能和殺手在一起喵！別人會怎麼看喵！」

「我無所謂！」溫特施展魔法追了上去，「我不管別人的看法，我的幸福由我自己決定！」

「我還想殺你喵！」珍娜翻過一道籬笆，跑到小巷的盡頭，「一直以來我都在欺騙你，你認識的我只不過是個假象！既使是這樣，你還愛我嗎？」

「假如真是那樣……」溫特突然出現在珍娜面前，他總算追上了珍娜，「那給我時間，讓我認識真正的妳。」

見到溫特擋在前方，珍娜總算停下腳步，氣喘吁吁地問：「你、你說的是真的喵？」

「是真的。」溫特點點頭，「在大家的面前，我保證我說的每一句話都是真的。」

「喵？」聽到溫特這麼說，珍娜愣了一下。她轉頭環顧四周，才發現到他們不知道在何時闖入了一個舞臺上。

舞臺似乎直到剛才都還在表演戲劇的樣子，臺上的演員愣在一旁，看著這兩個不速之客，臺下更是擠滿了觀眾。

「怎麼了？怎麼了？」

「這是故事的一部分嗎？」

「臺上那個演員……長得好像勇者大人啊。」

觀眾們議論紛紛了起來。

「喵呀！」看到這個情況，珍娜不禁大叫，一張俏臉變得通紅，尾巴也緊張地搖來搖去。

「好了，已經結束了。」溫特上前一步，將珍娜逼到布景前，同時伸出一隻手做出壁咚的姿勢，「我不會再讓妳逃避了。珍娜，現在在這麼多人面前，妳已經無處可逃了！告訴我，妳到底是怎麼想的？」

「我……我……我……」在這麼多人面前被溫特這壁咚，珍娜既害羞又緊張，一時間什麼話都說不出來，最後才勉強擠出幾個字，「我也喜……」

「到此為止！」然而珍娜還來不及說完，就有一個低沈的聲音大喊。

「誰？」溫特愣了一下，突然間不知道從哪冒出了一陣煙霧，「這是……煙霧彈？」

「沒錯喵。」那個低沈的聲音宣告：「勇者溫特，算你運氣不好遇到我王牌殺手暗影。今天就是你的死期喵！」

煙霧逐漸散去，一個黑影從中浮現……

「毛球？」

「是黑色的小毛球？」

「好、好可愛！」

觀眾們這麼議論著。從煙霧中現身的是顆小小黑色毛球，只有溫特的三分之一高，全身體毛十分蓬鬆，看起來就軟綿綿的。

「不是毛球，是暗影喵！我是殺手喵！」毛球張大黃色眼睛，張牙舞爪試圖擺出威嚇的姿勢。

「哇，毛球會說話！」

「好想在家裡養一隻！」

「那是……純種獸人嗎？現在已經很少見了呢……」

可惜是暗影的努力一點成效都沒有，人們見狀反而有種心都融化了的感覺。

儘管周遭的人絲毫不把暗影當作一回事，溫特還是擺出了謹慎戒備的姿勢，「居然能無聲無息出現在背後……你為什麼想要殺我？而且為什麼那麼蓬鬆？難道是要讓人覺得可愛，藉此放下戒心嗎？」

「這是靜電喵！」暗影大聲地否認，他大大地張開雙手雙腳，想要讓自己看起來更巨大，「而且不准說我可愛喵！我是殺手喵！」

「爸、爸爸……」珍娜看著暗影不禁嘆息，「就跟你說過，這樣只會看起來很可愛喵……」

聽到珍娜的自言自語，溫特立刻驚訝地臉色大變，「什、什麼？他是妳爸爸嗎？」

「喵！」珍娜露出不小心說漏嘴的懊悔模樣摀住嘴。不過暗影倒是自豪地說：「沒錯喵，所以快點從我女兒身邊離開喵。」

「唔……」溫特首次露出不甘的表情，從珍娜身旁離開，「抱歉，我不是故意的，岳父……我是說，暗影先生。」

「別叫我岳父喵！」暗影氣到不停跳上跳下，「竟然想用這種招數干擾，如此卑鄙真不像勇者喵。不過，我已經準備好祕密武器……」

「祕密武器？」溫特不知為何，突然有種不好的預感。

「沒錯，看招喵。」在暗影大喊的同時，他腳下浮現發著紫光的魔法陣，一個巨大的人形物體從魔法陣冒了出來。

「那是！」看著那個人形物體，溫特瞪大了眼。他立刻提高了警戒，全身也緊繃起來。

「沒錯喵。」見到溫特的反應，暗影得意地笑出聲，「雖然魔王直到被打敗都沒來得及完成，但為了打倒你，我花費許多時間和金錢，才找到零件並完成了這個寶貝喵。這就是自動戰鬥兵器——魔王專門用來對付勇者的武器喵！」

一個像房子般高大的人形巨大魔像冒了出來，張開了眼銳利地環顧周圍。

「嗶嗶，啟動，掃描周圍環境。」魔像發出奇怪的語音。

「那個很危險，快……」溫特連忙警告，但暗影卻打斷了他。

「哼哼，當然喵，對你來說當然如此。上吧！自動戰鬥兵器喵！」

「嗶嗶，偵測到敵人，開始排除。」像是聽到暗影的命令，魔像開始動了起來。它的眼睛發出光芒，舉起手朝著偵測到的敵人發動攻擊。

然而它手掌揮向的目標不是別人，而是暗影。

「為什麼喵啊啊！怎麼這樣喵啊啊啊！」暗影高高飛上天空，慘叫聲越來越遠，變成天上的一顆星星。

「快逃啊！」溫特終於有機會把話說完：「魔王之所以沒有完成自動戰鬥兵器，就是因為它會敵我不分地攻擊啊。」

「糟糕了。」看著消失在天際線另一頭的暗影，溫特緊張地說：「岳父……我是說暗影先生沒事吧。」

「沒事，不用擔心把拔喵。」不過珍娜倒是一點也不擔心，父親這齣鬧劇讓她十分無奈，「暗影是不會摔死的喵，不過我還以為你會跳起來去救把拔……」

然而當她看到溫特此刻的神情時，不由得停了抱怨。

此刻的溫特露出十分緊張的模樣，他緊咬牙關，張開雙手護著珍娜和背後群眾，汗水從額頭流了下來，雙眼則緊緊盯著前方，也就是自動戰鬥兵器所在之處。

「你、你怎麼了喵？」

「自動戰鬥兵器一旦啟動。」溫特連一瞬間都不敢移開視線，「就無法關閉，會一直戰鬥下去，永遠不會停止。」

「什麼！」珍娜的瞳孔猛然縮小，總算知道為什麼溫特會有這樣的反應，「你剛才說魔像敵我不分喵，所以……」

她看向溫特的後方，那邊站著演員、工作人員、伴奏的樂手，還有許多觀眾。

「快跑喵！這裡很危險喵！快點離開喵！」她對人們大叫，然而眾人的反應卻是……

「喔喔，很入戲呢。」

「居然製作那麼大的道具，這部戲還真是下了重本呢。」

「『勇者大人』加油，打倒魔偶啊！」

「不行，大家都以為這是戲裡的一部分喵。」珍娜焦躁了起來。

「反正現在已經來不及撤離觀眾了，只剩最後一個方法。」溫特點點頭，隨後大步走了向前。

「你要做什麼喵？難不成……」珍娜似乎隱隱約約猜到了溫特的意圖。

「不能讓自動戰鬥兵器在這裡發動。」溫特冷靜地說：「身為勇者，保護人民是我的責任。」

「不行喵！」珍娜連忙拉住溫特衣角，「那不是魔王發明專門對付你的嗎？而且你現在沒有武器，怎麼可能打得過它？」

溫特停下了腳步，珍娜見狀連忙繼續勸阻，「還是快點逃走喵！你先去拿武器帶另外那兩人回來，絕對就能輕鬆打敗魔像喵。現在勉強跟它對上，萬一受傷了怎麼辦喵？」

「妳是在關心我嗎？」聽到珍娜的建議，溫特卻這麼問。

「我……這……」珍娜不禁語塞，「這不是當然的喵！你這個大木頭！被這樣真心對待，怎麼可能不關心你喵……」

珍娜的話還沒說完，就突然停了下來，因為溫特臉上露出她從沒見過的燦爛笑容。

「謝謝你。」溫特伸手摸了摸珍娜的頭。

「喵嗚嗚……」珍娜的臉立刻紅得和番茄一樣。

「沒問題的，我並非手無寸鐵。自從第一次見面以來，我就一直把妳送的定情物留在身邊。」溫特大步向前，將手伸入懷中。

「定情物？我沒送過你東西喵……」珍娜聞言卻是一頭霧水，努力回想到底送了什麼給溫特。

珍娜來不及理出頭緒，就看到溫特不知用什麼魔法，抽出一把看起來很眼熟的流星鎚。

「抱歉了，借妳的健身器材用一下。」溫特揮舞起流星鎚，「順便一提，妳沒有蝴蝶袖。」

「那才不是定……喵！好快！」珍娜還來不及吐槽，溫特就已經迅速衝向魔像。他敏捷地一鼓作氣衝上前，一瞬間就拉近了距離。

「嗶嗶，偵測到敵人接近，開始攻擊。」魔像再次舉起手揮向溫特，但溫特高高跳起，躲過魔像的一擊。

「嗶嗶，敵人閃躲，轉換攻擊模式。」魔像立刻做出反應。它的周圍憑空出現許多魔法陣，隨後魔法陣就朝著滯留在空中的溫特噴出大量火焰。

「喔喔，真是驚人啊。」

「是啊，演員會來不及閃開吧。」

「糟糕，不會要出事了吧。」

觀眾驚呼起來，開始擔心起溫特的安危。

珍娜則站在原地看著眼前的戰鬥，不過臉上卻已經沒有緊張的神色。

「你是勇者吧！」她這麼大喊了起來：「這點火焰對你來說根本不算什麼吧？既然這樣就快點解決，不要讓大家擔心喵！」

「祕儀之八，白鹿！」同時間，彷彿是聽到了珍娜的聲援，溫特揚聲這麼大吼。接著從火焰之中出現了一顆光球，裡頭正是毫髮無傷的溫特。

「喔喔！好厲害！」

「那個舞臺效果是什麼啊！第一次見到！」

「加油啊！打倒它！」

見到這一幕，觀眾們的情緒立刻沸騰起來，更加熱烈幫溫特加油。

「嗶嗶，偵測到勇者反應，使用絕招。」魔像突然加快速度，一邊朝溫特揮拳，一邊召喚出大量的魔法陣，「嗶嗶，大絕招——魔王之怒，啟動！」

所有魔法陣同時噴放出紫色火焰，和剛才的火焰相比更加炙熱。連臺下觀眾都能感受到熱度，紛紛走避。

「這就是你的大絕招嗎？」不過溫特仍然挺立著，他舉起流星鎚對準魔像，堅定地宣告：「那麼……我也回禮吧。祕儀之一，踏雪！」

在場的觀眾們沒有一人看清楚接下來發生的事情，只感受到一陣強風吹起，下個瞬間魔像就已經倒下，而溫特則是站在魔像上頭。

「嗶嗶，系統……嚴重受損……無法繼續運行……嗶……嗶……」魔像眼睛的光芒漸漸消退，接著發出最後的雜音，停止了運作。

「……唔喔喔！」在場的所有人先是沈默一會，之後才像如夢初醒般，報以如雷的掌聲和歡呼。

「好、好厲害啊！」

「雖然劇情有點莫名其妙，但是真的好厲害啊！」

「安可、安可、安可！」

「安可、安可、安可！」

觀眾們這麼鼓譟起來，溫特則是微笑面對熱情的群眾，只有珍娜不禁吐槽。

「不，安可是不行的喵。」她這麼說，但是沒人聽見。

CHAPTER
尾聲

在王家舞會結束後的隔天早上，溫特一行人又回到了廣場。

亞赫士看著眼前被破壞的自動戰鬥機器，幾乎不敢相信自己的眼睛，「居然會有這種事！沒想到魔王的遺物還存在於這個世上……」

「可惡，我竟然在那麼重要的戰鬥中缺席。」環尾則是露出遺憾的表情，「都是王家舞會時遇到那傢伙……」

「那傢伙是誰啊？」溫特這麼問。但環尾和亞赫士兩人卻異口同聲地說：「你別知道比較好。」

「……好吧。」溫特雖然很是好奇，但見到兩人臉色慘白，也就不好再繼續追問下去。

「那麼……問題是這隻毛球該怎麼處理？」亞赫士很快地收拾好心情，轉向另外一邊。

「我的名字不是毛球，是暗影喵！」暗影跪坐在地上大聲抗議：「真是的，現在的年輕人真是，都不懂敬老尊賢……」

「好了，把拔你安靜喵。」珍娜壓下暗影的頭，同時也低下了頭跟著道歉，「真是非常抱歉喵，給大家造成那麼多困擾。」

溫特和亞赫士互看一眼，最後溫特開口了。

「請把頭抬起來吧，珍娜、岳……我是說，暗影先生。」他連忙改口，「我能理解你珍惜女兒的心情，畢竟珍娜確實是個讓人忍不住想要好好保護的女孩子。」

聽到溫特這麼說，珍娜不禁臉紅。但暗影卻露出利齒威嚇。

「哼，你這小子又想要用花言巧語來騙珍娜喵。」暗影抬起頭，一臉不屑地說：「告訴你，我可不會那麼容易上當喵……」

「把拔。」

「真是非常抱歉喵！給大家添了那麼多麻煩了喵！」

珍娜語氣冷酷地這麼一喊，暗影立刻翻過身，露出肚子道歉。

「……雖然知道這是貓咪示好的反應，但為什麼總覺得讓人有些火大呢？」亞赫士見狀不禁眉頭抽搐，「環尾你覺得呢？可以信任他們……環尾？」

亞赫士轉頭看向環尾，環尾卻是只直盯著暗影，沒有反應。

「你還好嗎？」亞赫士在他眼前揮了揮手。

「嗯……啊，什麼？」環尾這時才回過神來，「有，我有在聽，我覺得可以信任他們啊。」

「真的嗎？」亞赫士露出狐疑的表情，「為什麼？」

「畢竟對方都還特地回來自首了。」環尾仍然直直盯著暗影，「而且你看那無辜的眼神，在那邊晃啊晃的小腳腳，還有那毛茸茸的肚肚……好想吸啊。」

「喵！你要做什麼喵！」環尾像是被催眠似地靠向前，把暗影嚇了一大跳，

「別過來喵！小心我抓你喵！」

暗影全身的毛膨了起來，雙手雙腳大大張開，想要威嚇環尾。

「環尾……原來你是貓奴嗎？」亞赫士在一旁則看傻了眼，隨後又正色說：

「要原諒你們也可以，不過你們的目標不是溫特嗎？」

「啊啊，那個啊，我放棄了喵。」暗影卻馬上就這麼說：「畢竟這臭小子是女兒喜歡的人嘛，雖然很不爽，不過可不能讓女兒傷心喵。」

「我、我才沒有喵！」珍娜立刻面紅耳赤地否認，臉上還是不禁漾起笑容。

「看吧，這也沒辦法。」

「我瞭解了，但殺手公會那邊……」

「我會親自去解釋，我好歹也是公會王牌，不會讓其他殺手把溫特列為目標的喵。」

「那就麻煩你了。」

「交給我喵，這也算是給你們添了那麼多麻煩的賠禮喵。」

暗影和亞赫士很快就達成了協議。

「嗚嗚，你們兩個給我記住喵！」珍娜不甘地耳朵和尾巴都垂了下來。

「好了，不要太欺負女孩子喔。」這時一個語氣優雅的聲音這麼說道。

大家連忙轉頭去看，才發現原來是愛莉蒂亞公主。

「大家好。」愛莉蒂亞優雅地朝眾人行了個完美的屈膝禮。更特別的是她的裝扮，她頭戴王冠，披著一件紅色披風，看起來極為正式。

「公主殿下。」其他人本來想要還禮，但愛莉蒂亞卻揮揮手示意免禮，並走向珍娜，對她伸出手，「妳就是勇者大人喜歡的女孩嗎？」

「喵！我、我……」珍娜也緊張地和愛莉蒂亞握手，「我只是……」

珍娜結巴地支支吾吾，一時間想不出該怎麼說明。

「呵呵，不用緊張。」愛莉蒂亞先是打量了一下珍娜，才鬆開了手，「初次見面，我是愛莉蒂亞。雖然一見面就這麼說有些突兀，不過我希望妳能給勇者大人幸福。」

「喵！是、是的……等一下喵！我不……」被愛莉蒂亞的氣勢壓倒，珍娜一瞬間差點被對方帶著走，不過還是很快就反應了過來。

「公主殿下，我們已經準備好了。」

但是她還來不及多說什麼，一旁突然傳來溫特的聲音。珍娜轉頭看去，不由得愣住了。溫特披著一襲橄欖色的披風，腳穿長靴配戴護甲，看起來一副要出發遠行的樣子。

「沒想到您會親自來替我們送行。」溫特對愛莉蒂亞致意，「真是榮幸。」

「畢竟你們可是要出發去冒險，下次見面可能是很久之後了，不來送行說不過去。」愛莉蒂亞微笑著回答。

珍娜則是緊張地問：「等……你們要去哪裡喵？」

「啊，抱歉，現在才有機會跟你說。」溫特說明：「我們要出發去尋找魔王的遺物。」

「為什麼喵？」

「因為魔王的遺物實在太危險了，假如落在有心人手中，可能會是場大災難。」亞赫士在一旁進一步解釋：「就像這次事件，要不是剛好溫特出手，後果就會不堪設想，所以我們決定出發去回收遺物。」

「會去很久喵？」

「是啊。」環尾也說：「畢竟沒有人知道魔王的遺物有多少，而且從這次事件來看，應該有些流入了黑市，調查起來應該會花上很多時間吧。」

「在勇者大人遠行的這段時間，我們坎爾德也會繼續提供協助。」愛莉蒂亞在

一旁補充，「我會盡量收集相關情報，並聯絡各位。」

「謝啦，這對我們幫助很大。」環尾露出感激的表情，「我們之後會先到與魔王軍戰鬥過的那些地方，看看有沒有什麼遺漏的痕跡。」

「是啊。」溫特點點頭，「即便在旅途中，我們也會保持聯絡。」

「好的，勇者大人，我很期待你分享之後的見聞。」

「喵唔唔……」

愛莉蒂亞開心地笑著，而珍娜則是露出不甘心的表情。

不過溫特卻像是沒有察覺，他看向環尾與亞赫士，「好了，那麼我們也該差不多……」

然而他的話還沒說完，就被珍娜打斷。珍娜沒好氣地說：「等一下喵！為什麼沒告訴我喵？」

「對不起。因為時間緊湊，還來不及通知妳……」

「……好吧，反正我的東西也不多喵。」聽到溫特這麼說，珍娜嘆了一口氣，「可以沿路蒐集準備……那麼我們就出發喵！」

「等、等一下！」珍娜這句話讓溫特嚇了一大跳，「我們這趟任務很危險，魔王的遺物本身就有一定危險性了，更別提那些覬覦的人……」

「那又怎麼樣？全部打飛不就行了喵！」珍娜卻毫不猶豫地回答：「還是你擔心我？不用擔心，我可是殺手喵！」

「啊啊，真是令人懷念啊。」在一旁的環尾和亞赫士見到這一幕，不由得笑了出來，似乎被勾起了回憶。

「當初溫特來邀我的時候，也差不多是這個樣子吧。」

「是啊，還記得我那次也是一樣。」

「喔？」愛莉蒂亞露出感興趣的神情，「當初勇者大人就是這個樣子嗎？」

「是啊！」環尾和亞赫士先是異口同聲，之後又分別說了起來。

「他就是這種對自己不在意，但是別人要跟去的時候，就會像老媽子一樣擔心。」

「當初踏上討伐魔王的旅程時，他也是對我推三阻四，我還花了一番工夫才說服他。」

「咳咳。」溫特輕咳了一下，又對珍娜說：「我明白了，那麼……就請妳多多指教了。」

「嗯，多多指教喵。」珍娜毫不猶豫地背起地上的一個行李，一副很輕鬆的樣子，「那麼，我們就出發喵！」

「喔喔！太好了。」

「歡迎加入勇者小隊，珍娜小姐。」

其他兩人也分別這麼恭賀。一行人以溫特和珍娜兩人為首，在愛莉蒂亞的目送之下，走出城外踏上新的旅途。

王宮的密室裡，魯道夫五世坐在王座上，手上拿著一封信，身旁的大臣們則是緊張地看著他。

「這就是……勇者大人的信嗎？」他翻看著手中的信件這麼問。

「是。」一名隨從大聲地回答：「勇者大人他們在離開坎爾德之後，利用通訊魔法將這封信送到這裡。」

魯道夫五世點點頭，用拆信刀將封蠟打開，拿出裡頭的信紙，大聲地朗誦起來。

「國王陛下你好，我是溫特。由於先前旅途太過倉促，而且我們需要時間整理這一路上遇到的事情，因此現在才寄信聯絡，真是抱歉。」

魯道夫五世邊看邊念，「自從踏上冒險旅途之後，我們過得十分愉快。環尾遇見了新的強敵十分興奮，亞赫士打算實驗一些新的魔法，每天都在研究。」

「至於我……」說到這邊，魯道夫五世頓了一下，但還是繼續朗讀，「……我的話，能和心愛的人一起旅行，這對我來說就已經是無比的幸福了。雖然目前還是沒有其他魔王遺物的線索，不過我們會繼續尋找下去。隨時保持聯繫。溫特敬上。」

魯道夫五世一邊說，一邊放下了信。

「陛下……勇者已經離開，我們是否……」一旁的大臣有些膽怯地問，但魯道夫五世做了一個手勢制止對方發言。

「有勇者的這封信，我們就可以和其他各國交代。」魯道夫五世說：「儘管相親計畫失敗了，但勇者還是很信賴我們，而且公主現在是勇者隊伍的協力者。光憑這兩點，其他國家還是要給我們幾分面子。」

聽到魯道夫五世這麼說，有些大臣點了點頭，但也有些人露出猶豫的表情。

「真的會那麼順利嗎……」

「畢竟先前舞會時，有那麼多國家和我們商談……」

「勇者不在國內啊……」

「不用擔心。」魯道夫五世見狀，便豪爽地說：「大不了本王去下跪個幾次就沒問題了。」

國王臉上露出十分痛快的表情，與之相反的，大臣們則不由得臉色鐵青。

「不、不、不，就由屬下來處理吧。」

「陛下不用費心了。」

「是啊，請全部交給我們吧。」他們這麼說，但心裡則是達成高度的共識，「國王跑去向其他國家下跪，這個臉可丟不起啊。」

「好吧，那就有勞諸位了。」魯道夫五世見狀，嘴角露出一抹神祕的微笑，「各位可以先退下了。」

大臣們陸續離開，只留下魯道夫五世一人。就在這時，一個人影從暗處緩緩走了出來，正是愛莉蒂亞。

「……假如當初沒有強迫妳，妳是不是就能幸福地和勇者在一起了？」兩人沉默了好一會，魯道夫五世才終於緩緩地開口打破沉默。

「這是我自己的決定。」愛莉蒂亞淡淡地回答，接著便轉身離去。但在離開前，她又留下了這麼一句話，「不過，我現在很幸福。」

「這就是妳的答案嗎？愛莉蒂亞……」魯道夫五世不禁垂下頭，看著信自言自語，「……那還真是太好了。」

同時陽光從窗外灑落進來，照亮了他臉上的笑容。

——《打贏魔王後，勇者的下一個任務是相親?!》完

——《打贏魔王後，勇者的下一個任務是相親?!》全系列完

CHAPTER
後記

大家好，我是千筆，謝謝你拿起這本書。

雖然有點突然，但不知道你有沒有使用過交友軟體呢？關於這一點，我可以很自豪（？）地說，我算是滿常在使用交友軟體的，只是結果都很慘淡，從來沒有一次能夠成功把人約出來見面過……

而在這樣的過程當中，我突然產生了一個念頭，現代社會我們想要找男女朋友是靠交友軟體，那如果異世界的人想要找男女朋友的話，又該怎麼辦？他們真的會像我們在歷史課本或古裝連續劇中的那樣，找媒婆來相親嗎？還是有某種神祕的魔法能夠幫他們快速找到另一半呢？想著想著，這本書就這麼誕生了。

勇者在打倒魔王後，這時才開始尋找另一半，真正開展屬於自己的人生，但卻發現這居然比打倒魔王還要困難。現在想想，這也十分有趣。打倒魔王，是為了其他人的幸福，而尋找另一半卻是為了自己的幸福。有的時候，要讓自己幸福，反而比要讓其他人幸福還要更難，不知道你是否認同這一點呢？

接下來是一如既往的感謝環節，謝謝編輯和出版社願意給我這次機會，讓這本書能夠出版問世，謝謝佩喵老師，將女主角珍娜的模樣和公主愛莉蒂亞的優雅完美地展現出來。

另外還要特別感謝值言老師、記本比老師和2004角川輕小說寫作班的同學們，一如同前作《魔導學教授的推理教科書》那樣，你們不但是本書的第一批讀者，更是給了我不少非常有用的建議。

那麼，我們下一本書見。

千筆

高寶書版集團
gobooks.com.tw

輕世代 FW388

打贏魔王後，勇者的下一個任務是相親?!

作　　者　千　筆
繪　　者　佩　喵
編　　輯　薛怡冠
美術設計　陳思羽
排　　版　彭立瑋
企　　畫　方慧娟

發 行 人　朱凱蕾
出　　版　三日月書版股份有限公司
　　　　　Printed in Taiwan
地　　址　臺北市內湖區洲子街 88 號 3 樓
網　　址　www.gobooks.com.tw
電　　話　(02) 27992788
電　　郵　readers@gobooks.com.tw（讀者服務部）
傳　　真　出版部　(02) 27990909　行銷部 (02) 27993088
郵政劃撥　50404557
戶　　名　三日月書版股份有限公司
發　　行　英屬維京群島商高寶國際有限公司台灣分公司
　　　　　Global Group Holdings, Ltd.
初版日期　2023 年 1 月

國家圖書館出版品預行編目 (CIP) 資料

打贏魔王後，勇者的下一個任務是相親 ?!/ 千筆著 .-- 初版 . -- 臺北市：三日月書版股份有限公司出版：英屬維京群島高寶國際有限公司臺灣分公司發行，2023.01-
面；　公分 . --

ISBN 978-626-7152-36-2(平裝)

863.57　　111015963

三日月書版

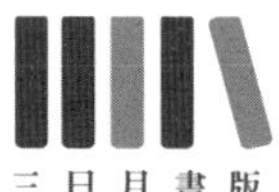
三日月書版

GOBOOKS
& SITAK
GROUP©